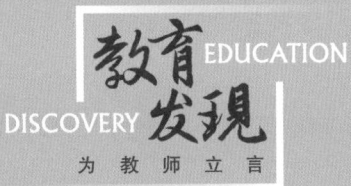

教育 EDUCATION

DISCOVERY 发现

为 教 师 立 言

教育发现

EDUCATION DISCOVERY

教育 EDUCATION
DISCOVERY 发现

看见一间教室

——从小豆包到小升初

高颖／著

山东文艺出版社

济 南

图书在版编目（CIP）数据

看见一间教室 / 高颖著 . -- 济南 : 山东文艺出版
社 , 2025. 8. -- ISBN 978-7-5329-7399-6

Ⅰ . I247.81

中国国家版本馆 CIP 数据核字第 2025Z7M809 号

看见一间教室

KANJIAN YIJIAN JIAOSHI

高颖 著

主管单位　山东出版传媒股份有限公司

出版发行　山东文艺出版社

社　　址　山东省济南市英雄山路 189 号

邮　　编　250002

网　　址　www.sdwypress.com

读者服务　0531-82098776（总编室）

　　　　　　0531-82098775（市场营销部）

电子邮箱　sdwy@sdpress.com.cn

印　　刷　山东新华印务有限公司

开　　本　710 毫米 ×1000 毫米　1/16

印　　张　19

字　　数　220 千

版　　次　2025 年 8 月第 1 版

印　　次　2025 年 8 月第 1 次印刷

书　　号　ISBN 978-7-5329-7399-6

定　　价　58.00 元

看見一間教室
發現教育花開
的秘密

莊漢進題

看见什么，就会成为什么

王维审

　　十几年前，我就认识了高颖老师，是因为文字。她的文字，朴实自然，干净纯粹，没有一丝一毫的矫揉，也没有一丁点多余的铺陈，从不拖泥带水，也不故弄喧嚣。

　　只因为读过她的那篇《假如我能让一颗心免于忧伤》，便喜欢上了她的叙事风格，进而寻到了她的博客。那时，博客风行于世，几乎每个喜欢写作的人都有账号，就像是现在的公众号。在那里，得以读到她更多的文章，更多关于教育的写实、反思和憧憬。那时，有两个人的文章风格我比较喜欢，一是魏智渊，一是干国祥，我觉得她的写作风格与他们有些接近，后来才知道他们果然有交集。原来，她是一个有眼界的人，在写作的初期就跟上了名师的步子。我一直相信这么一句话——看见什么，就会成为什么。在她早期的视野里，有那么一群用文字记录生命的人，她也就成了一个用文字诠释灵魂的人。

　　后来，就很少读到她的文章，我以为她选择了退出。在教师这个群体中，写作这件事情就像是潮起潮落，很多人心血来潮就会执着地加入写作大军，热情一冷便会退潮般匆匆而去。因为写作是一件很寂寞的事情，初期的写作大多因兴趣而起，一个写作者比较理想的行动路线是：因趣而写——因关注而坚持——因成果而稳固——因习惯而终生。大多数的写作者停留在了第二阶段，因为没有读者，他们退回到了原点。

直到庄汉进校长向我推荐高颖老师时，我才突然意识到自己误会了她——她不但没有退出，而且超越了二、三阶段，达到了因习惯而终生的层次。不是为了吸引关注，不是为了发表获奖，而是因为习惯，写作便像呼吸一样自然。原来，她从我的视线中消失的这些年里，她一直坚持写作，为自己的学生而写，为记录生活而写。

庄校长说，高颖老师很低调，在他偶然发现高老师撰写的班级故事后，才知道她一直坚持为自己的学生写作：班级的重大日子，她会为学生写一封信；学生受挫时，她会用文字激起孩子的斗志；学生的高光时刻，她也会毫不吝啬激情表扬的文字……当然，更多时候她在用文字记录班级的普通生活，记录教室的边边角角，记录学生的点点滴滴。我觉得，一个人获得尊重，未必非得靠聚光灯下的宏大业绩，那种平平淡淡的坚持或许更有意义。

庄校长鼓励高老师把这些鲜活的文字变成一本书，最初，她竟有些不愿意，她觉得这些文字仅仅是在自己的班级里开出的花，不需要那么多观众。在越来越多人的鼓励下，她才最终下定决心——向世界开出一朵花，让更多人看到她和学生的班级故事，让更多的人拿起笔记录班级故事。没想到，她这些年积攒下来的文字太多，足够好几本书的容量。怎么办？编辑老师给出的建议是，先出版一本，让更多的人看见，慢慢成就一个系列。所以，这本书不仅是高老师的第一本作品，也一定会成为一个系列的第一本。

"看见什么，就会成为什么"，这是我二十多年前发表的一篇文章的题目，这里的"看见"，不是简单的眼观，而是内心的认可、追随和托付。高颖老师在职业生涯早期看见了远方的名师，便有了靠近他们的行动；庄汉进校长看见了高颖老师的内敛和丰富，便有了对其极具人文关怀的培养和推动；马明秀老师看见了高颖老师的文字，便有了真心的喜欢和认可……而高老师把这本书的名字定为《看见一间教室》，里面一定有着更为丰富的情感预设。

看见一间教室，看见教室里的孩子，看见教室里每一份独特的成长，看见教室里隐匿着的生命教育，这对一个老师来说十分重要。在功利仍未远离的今天，太多的教师只盯着分数、名次、教育带给自己的利益，有多少人能够真正看见一间完整的教室呢？

我想，这本书的意义还在于，让我们看见一个普通的教师、普通的班主任，如何在自己的班级里经营出我们渴望的春天，一个足以让所有生命恣意生长的春天。

（王维审，叙事教育倡导者，叙事者教师专业发展共同体发起人，《中国教育报》2019年度推动读书十大人物之一）

目 录

破土：种下一间教室

我不相信，没有种子的地方，会有植物破土而出，
然而我对种子怀有大信心。若能相信，你有一粒种子，
我就期待奇迹的横空出世。

——梭罗

九月：你好！新学期

我所信仰的，不过是相信种子、相信岁月罢了。

初相识

在送走一届毕业班后，2021 年秋季开学，我又一次空降寄宿班，接手四年级 9 班教学和班主任工作。

拿到学生名单，看着一个个陌生的名字，我不知道，我和这几十个孩子，会编织出怎样的生命故事，我们将开启一段怎样的奇妙旅程。

打个赌吧

9 月 1 日，开学第一天。

走进教室的时候，孩子们来得差不多了，我和他们打招呼："同学们，你们好呀！"

孩子们也热情地回应我："高老师好！"

看来家长们已经和孩子介绍过我了。

我问道："现在一个新的老师站在你们面前，你们希望我是一个怎样的老师？"孩子们顿时七嘴八舌：不要布置太多无聊的作业，不要总是写写写……

他们没先说希望老师怎么样，而是划定了底线，告诉我不希望我怎么样——嗯，这个要求不算高。最后，他们提了一个小小的要求：上课要有趣。

我说："巧得很哪，我正好是一个不喜欢布置太多作业的老师，而且，老师上课还挺有趣。"孩子们一下子开心得不得了。

确实，大量重复低效的作业耗去了多少孩子的学习热情，消磨了多少童年的欢乐？我要让我的学生过一种幸福完整的"语文生活"。

想起上一任老师说，这个班整体语文基础不好，于是我问道："你们喜欢写日记、写作文吗？"

毫无疑问，他们齐刷刷说不。

我笑了，和他们打赌说："老师保证会让你们爱上写作的，并且，咱们班还会诞生小作家，会发表作品呢！"

孩子们摇着头笑，他们十分笃定新老师在吹牛，但是又满脸好奇：老师会用什么魔法不让结果打脸呢？

我说："很简单，每周写一篇周记，字数不限，可以吗？"孩子们一脸失望，态度坚决地齐声说："不可以！"

我知道很多孩子的日记，流水账、错别字不说，关键是无话可说，所以不怪他们不约而同地拒绝。

我继续说："我们不需要每天写日记，而是一周才写一篇周记，啥都可以写，关键是没有字数限制，只要做到不抄袭，老师保证每一篇都给你们写有趣的批语，并且我会陪你们一起写周记，每篇不低于1000字！"

下面哇声一片。

"敢不敢打赌？"

"敢！"台下异口同声。

精神富翁

开学第二天，班里男孩子已经呈现出了一部分真实的状态，调皮，爱说话打闹，无一刻安宁。

出去拍集体照，轮到我们班的时候，男生就是不好好站队，说说笑笑、打打闹闹。好吧，那就先给男生上一课。

拍完照，让女生上楼去看书，我带着这群小男生来到了操场。我问他们："知道老师要干什么吗？"

有个调皮的男生大声说："要对我们进行爱的教育！"

我忍住笑，装作严肃的样子："老师就好好教育教育你们！"

"军姿站立，听我训话，做小动作的出列，延时站！"

我告诉他们，活泼是他们的优点，好动是他们的特点，但需要分清场合，学会收敛，这是我们成为一个优秀班集体的保障。

我发现，当我严肃起来，孩子们其实是非常懂事的，他们的表情神色说明了一切。

就集体训个话而已，我也没怎么批评啊，但有个叫靖轩的孩子还是落泪了，我赶紧停住，点到为止。

下午放学，孩子们都跑到楼道站队去了，我整理完东西，抬头发现空荡荡的教室里，靖轩正在把同学们的凳子一个个摆放到桌子底下，放得板板正正。

我很好奇，悄悄拍了照，过去问他："你这是干什么呀？"他说："我要做一个精神上的富翁。"

　　我一下被感动了。昨天开学第一课的时候，我给这群孩子讲了关于精神富翁和物质富翁谁更牛的问题，他记住了。

　　随后我把照片发给靖轩的爸爸，他和我聊了靖轩的一些情况，他说这孩子特别调皮，上课坐不住，下课总是惹事，让他和老师们都很头疼。

　　可我觉得，这个让老师、家长头疼的调皮孩子，这个听了老师的集体训话就潸然落泪的孩子，这个想要做个精神富翁的孩子，其实是宝藏。

理想的教室

　　在家长会上，我曾讲到，理想的教室一定是干净整洁、有图书有花草的地方，在这里，孩子们爱学习、善交流、乐读书，素质优良、全面发展，精神丰盈、健康阳光……

　　周五，把四十个孩子送出校门，我转身回到教室，正遇上两位家委妈妈在量教室后墙的尺寸，她们说要把教室后面墙壁脏的地方贴上壁纸，再做几组书橱，铺上地垫，打造一个温馨的阅览区。

　　多好的家委！

　　希望我和孩子们共同努力，一起打造一间理想的教室。

　　加油哦，高老师！

　　加油哦，孩子们！

相信种子

　　开学一周了。

老师，老师……

一个让我欢喜让我忧的现象是，班里孩子们有永远叫不完的"老师"。

只要不是上课时间，孩子们永远有话对我说。

诵读了诗歌《总得有人去擦擦星星》，某小孩追着我问："老师老师，你说八哥和鹦鹉有什么区别？"我说不清楚，赶紧去网上搜索了一下，唯恐给他讲错了。

吃过饭散步，一个小孩过来："老师，你今天吃饭时怎么总看手机？"我说："那是我在回复家长的信息呢！"

他又说："老师，可是你经常吃饭看手机。"我汗颜，小孩子的眼睛真是雪亮！

他接着问："老师，你有时候托着腮在想什么呢？"

"我……"天知道我都在想什么！

他还是不依不饶："老师，你皱着眉头，不高兴吗？"

"我……"

一下课，一群小孩围过来："老师，你最喜欢养什么动物？""老师，我上课没有走神！""老师，有人看书不好好爱护！""老师，你什么时候去我家家访？"

"老师……"

最有意思的是每次上道德与法治课，下课铃声让他们非常不满，在我说"下课"后，几个孩子会拦着不让走："老师，再上一节！"

我哭笑不得，常常是在下一节课的铃声快响的时候才能躲开他们的"纠缠"匆匆离开。

我有时候想，从小到大，我怎么就没有一次这样追着老师喊过话呢？

整个中午，我一直看着您

每次午饭后，一群女孩子便拥过来，拉手拽胳膊，像蚂蚁扛大虫一样把我"运"到女生宿舍，因为怕我要赖溜了。

女生宿舍在五楼，我穿着半高跟的鞋子走路费劲，她们就在后面推着我，到了五楼便开始争着往自己宿舍里拽，哪边赢了就欢呼雀跃，宿舍里五六个女孩子就会跳啊扭啊，欢腾起来。

韩国小丫头妍儿最爱蹦跶，还得围上小薄被来表演一番，不消一会儿，几个女孩子都围上小被子挤在我跟前扭，真是好气又好笑。再一会儿，宿管老师来了，只一嗓子，她们便麻溜地躺到自己小床上准备午睡，也是乖得很。

对面宿舍里，几个女孩子眼巴巴看着这边欢声笑语，等我终于来到她们宿舍了，几个丫头一起说："老师，整个中午，我们一直看着您……"

这是用我们班的晨诵诗改编的句子呀，这些小丫头还挺会用。接着便都要和我拍照，一个个温顺可爱，和对面的"人来疯"完全不是一个画风呢！

读书，像呼吸一样自然

和孩子们约好了，晚自习时间，平常作业课时间，只要是完成学习任务的，都可以拿出课外书来读，尤其是晚上，可以到后面阅览区去痛痛快快地读。

于是，我就看到很多孩子为了抢占后面空间有限的阅览区，草草结束作业，拿书去占座。

我会过去告诉那个毛手毛脚的孩子，先把必须做的做好了，才能做喜欢做的事情，否则，会有各种惩罚，最狠的一种是一周不许看阅览区的书。

慢慢地，孩子们认可了这个规定，板板正正写完作业，然后到铺着厚厚地垫的阅览区自由自在地看书——坐着，倚着，趴着，盘腿，围圈，都随便，说话交流用"同伴声音"，不让第三个人听见就好。

这是一段又一段浪漫的时间，读书，就像呼吸一样自然。

折纸里盛放的心意

大概小吕同学是最特别的。她每天都会送我一个不同的折纸小礼物，对，每一个都不同。

在我因为班级问题一脸严肃的时候，她带着甜甜的笑从我身边冒出来，拿一个或红或绿或蓝的折纸小东西晃在我眼前："老师，别生气嘛，送你！"

到现在，她送我的折纸作品，已经放满了一个大大的纸袋。这大大小小、花花绿绿、新颖别致的礼物，得用掉多少课余时间来折、裁、剪、粘呢？

想到小丫头看我的眼神，想到折纸里她写下的秘密，那是对我满满的信任呢，我这才对魏智渊老师说的"不被信任没什么，被信任才让人恐慌"有了更深的体会。

面对几十个对我的信任和依赖呼之欲出的孩子，我该怎么把握好自由和规则之间的边界，让教室里的孩子真正拥有一个幸福完整的童年？

只有爱是不够的，还得专业。任重而道远。

第一次讲评周记

第一周周记收上来，能写到三四百字的极少，百字以内最是常见，还有不少更短的。至于语句欠通顺，或错字连篇，或空洞无物，司空见惯。

四年级了，这个水平！想到我和孩子们的打赌，我压力有点大。

但是我认真给每一个孩子的周记写批语，还把周记中发现的问题一一记录。周五放学前的最后一节课，我抱来已经分好类别的周记。

写得活泼有趣的，写得简短但流畅自然的，写成流水账但是真实可证的，我都一一点评表扬。

还有反映问题的，咨询意见的，遇到麻烦的，心有困惑的，我也一一解答反馈。

当然，对于写作中普遍出现的问题，无话可说、简单粗略、语句不通、错字太多等，我告诉他们，不着急，慢慢来，可以先看看老师怎么写。

于是我推开讲台黑板，把我发布在公众号上的第一篇周记投到电脑屏幕上。周记1500多字，我找几个同学分段读出来。

我的周记里，记录了开学第一周的点点滴滴，关于班级、关于同学，都是他们目睹的故事。

孩子们竖起耳朵听得全神贯注，他们没想到哪怕有只言片语的精彩也会被老师点评欣赏，没想到周记还可以这样写、周记点评课还可以这样上，更没想到同样经历过的一周，被他们寥寥几笔一带而过的事情，在老师笔下是这么生动有趣，原来他们的寄宿生活可以被这样记录！

孩子们在我夸下海口之后的亲自带动下，能不能真正登上写作的"贼船"呢？

说实话，我心里也没多少底啊！我所信仰的，不过是相信种子、相信岁月罢了。

两个孩子的故事

上周只上了三天课，却同样有一些故事发生，有意思，有意义。

等一朵花开

周四是我看晚自习，晚饭后，大家走出餐厅门口还都是规规矩矩地排着队，一走到操场上，一群小丫头立马把我围住，争着抢着挤到我身边。妍儿争不过，直接喊："老师是我的！"但声音很快被叽叽喳喳的闹腾淹没了。我被团团围住，怎么也赶不走这群小丫头。

陶然在一旁，看着这阵势，一言不发。她脸色有些忧郁，淡淡地说："老师，我有事想和你谈谈。"

风吹过她的头发，长长的刘海遮住了黯淡的眼睛，凭直觉，我觉得陶然的事应该很重要。那必须安排。

费了好大劲儿，承诺每天都会轮流和她们聊天，才说服这一大群女孩子各自去玩，之后我带着陶然找了个安静的地方谈话。

"说吧，陶然，有什么事？"

她开始给我讲述自己的烦恼，原来，这是一个被拖延症困住的孩子。

可不是一般的拖延呢！据陶然说，从低年级时起，每次周末作业，她都是拖到很晚的时候才开始写，多数时候要写到凌晨一两点。

她说，开始就是不想写，但是自己确实不是一个不写作业的学生，早晚必须得写完。

比如说中秋假期这三天，作业并不多，第一天完全没写，第二天晚上9点写了一点，中秋节晚上10点多才开始写剩下的，因为有手抄报，做起来费事又费时，就一直弄到了凌晨2点。

她眨巴着眼睛，一副沉重的表情。

我的天！这还了得！

我问过其他孩子，平常家庭作业多数都是用很短时间轻松完成的呀！这确实是个严重问题。

首先我感谢了陶然对我的信任，能和我说这些话，这说明她内心深处是渴望改变的，只是内驱力不足，需要帮助。

我让她在纸上详细列出中秋节假期可以写作业的时间段，和她一起分析。

她其实什么都知道，自己说得头头是道，还告诉我她的脸色和眼睛都是因为熬夜变得黯淡无光的。

这真是一个有意思的姑娘！什么道理都懂，却在拖延面前败下阵来。

我笑着问她，想不想尝试一下成功挑战自我的滋味？周末回家，10点之前睡着，让妈妈拍照发给我；周六上午12点前完成所有作业，同样拍照发给我。我表示，如果她能做到，我将对她刮目相看，下周隆重表扬。

她愉快地答应了。我也不知道哪里来的信心，就觉得她会做到。

晚上，批改周记，看到陶然妈妈写的三年来陪闺女写作业千辛万苦的经历，想起闺蜜讲到她被儿子写作业折磨得分分钟崩溃，我心下感慨，也许只有经历过的家长才明白个中滋味吧！

好在陶然妈妈坚信孩子会改变，愿意静待花开。

周五晚上 10 点多，陶然妈妈发过来闺女睡着的照片。

周六中午，发过来所有家庭作业。

虽然陶然还有抵抗情绪想拖延一下，但还是咬牙坚持在中午就写完了，这是了不起的进步啊！

回来一定好好表扬陶然，请她谈谈自己的这一段心路历程，让更多同学见证她这初步的成功，分享她的故事，陪她一起打怪升级。

陶然妈妈，不知是否感觉到了有风吹过，春意渐浓？

让我们在时间里，一起等一朵花开吧。

晚一些发芽的种子

靖轩是个特别的孩子。

最初见到他的时候，他就成功引起了我的注意。

上课无一时安宁，手里永远摆弄着东西，老师给收起来，不多一会儿就又鼓捣出一个。他有一大把两头带磁铁的钢笔，上课时他把所有钢笔头尾相连接成一个长长的杆子。

课下总是在招惹同学，周围的，还有不相干的，他都可以过去惹一惹。和同学打闹，用扫把戳坏了橱柜后面的挡板，弄出了一个圆圆的窟窿。我都气笑了，这水平，你是怎么做到的？

他的桌洞里面永远乱七八糟：啃了一半的苹果，吃了半个的橘子，插着吸管的牛奶，画画的纸片，要啥有啥。拿一本课本，可以顺着掉出一摞书来。他周围地上总有各种垃圾，每次上课，我都要单独提醒他捡拾垃圾。

然而，开学第二天，悄悄把同学们的凳子放好，说要做精神富翁的是他。

吃饭时见我爱吃什么，就要把他的那一份让给我的是他——当然我都是盯着他乖乖吃下去。

每次到我的课，必定先跑到办公室等我一起去教室的是他。

看我托着腮不说话就追问我怎么了的是他。

那天我抱着全班厚厚的同步练习册，费劲地穿行在到处是欢腾的孩子的楼道，远远一看到我就飞奔而来赶忙接过练习册的，是他。——我一瞬间被这小家伙感动了。

很多女孩子下课后就过来黏我，各种笑啊闹啊，唯独他一个男孩子每次也蹭过来，让他出去和同学玩，他不走。

因为要和陶然单独聊，我把一群同学赶一边去玩，是他大声抗议："老师不爱我们了！"

那个周五下午，因为家长有事不能来接，他只能待在我身边，我要等学校门口不那么堵了再给他打车。

他很开心。我让他帮忙检查同学的作业，他看着李俊伟的作业嘿嘿笑了，一边说"确实是"。我一看，也笑了，说："确实是！"

原来，作业上有一道题目：在现实生活中，是否有进入秋天后才发芽的种子呢？

　　俊伟写的答案是：有，好比我们班的徐靖轩，他在遇到我们现在的班主任时才发芽。

　　是啊，不知不觉中，他上课玩东西少了，脚底下干净多了，没有孩子来告他的状了，甚至，他都觉得自己变得更好了。

　　还有比这颗一不小心晚些发芽的种子更可爱的吗？

十月：问题即机遇

要想地里不长杂草，那就种上庄稼。

治治咱家的拖延症

第六周，国庆七天乐。

3号那天，我在家校群里发送了我的第五篇周记，主要是家长们的一系列故事，其中表达了我教育孩子的一些理念，比如，不要满腹焦虑地催作业等。

大概是写出了家长们的心声，他们深有感触。

几位妈妈忍不住吐槽：知道不能催，可是看着娃狂嗨好几天但就是不动作业，老母亲还是很抓狂啊！

梦涵妈妈提议："每天打卡吧！"

我觉得不妥，每天打卡，无形中加重了家长的负担。

我又想到陶然妈妈曾经的苦恼，前不久她还陪着闺女熬到凌晨2点，后来那个周，我对陶然"软硬兼施"，总算是取得了一点点胜利。这个国庆假期，为了巩固成果，我和陶然妈妈约定好要孩子每天发给我作业。其实除了陶然，不少孩子也存在拖延问题，只是严重程度不一样而已。

怎么才能两全其美，解决孩子们的拖延问题呢？

想到班级实行积分管理后大家格外积极，我心生一计：在班级小管家里设置了一次性作业打卡，截至 7 号中午 12 点，过后无法提交，同时明确了提交作业的奖惩规则，根据提交名次来记录积分，提交不上的扣积分。我交代家长一定给孩子转达到位。

我其实只是因为家长一句提醒而一时兴起，并不知道效果如何，没想到，不到半个小时，就有孩子迫不及待提交作业了。哈！还真管用。

截至 7 号中午，全班有 31 个孩子陆陆续续提交了作业，还有 6 个可能因为家长没有看清规则，直接发送到了群里，也就是说，真正到点没有完成作业的，只有 3 个。那就说明，开学前一晚，至少 37 个孩子和他们的家长可以安心早睡了。

开学回来，让娃们最兴奋的事就是积分抽奖了，好多孩子自己默默算好了根据名次能获得的积分，一个个摩拳擦掌、跃跃欲试。

且慢，为师这关还没过呢！

仅仅早早提交就完事了？除了提交时间的考量，还有作业数量和质量的终极考核呢！我带着全班孩子，把大家的作业一个个展示，严格地审核，遇到难以评断的地方，就让他们举手表决，少数服从多数，谁也无法抗议民主评议的结果吧！

就这样，最终，前 30 名提交者，有 12 人作业不能得分或降级得分。

激动人心的时刻到了，班长刘荣鑫第一个跑上去，甚至都不等我说完抽奖方式，就迫不及待地要点鼠标，下面的孩子比他还激动，一起高喊着倒计时。鼠标一点，大奖出现：一张免作业卡！全班欢呼起来！

接着，梦涵抽到了一本作业，一时间沮丧写满了小脸，我故意笑着问："20分啊，心疼不？"她很配合地双手捂着心口窝，一脸大义凛然地说："不心疼！"全班大笑。

后来，晟源抽到了薯条，凯文抽到了零食，这让大家羡慕坏了。等浩民抽出"老师请客，到教师餐厅体验用餐"时，孩子们哇声一片，简直嫉妒死了！

这个周末，同样的方式，孩子们却是急匆匆地催着家长赶紧给提交作业了。家长们感慨，让娃也体会一下催别人的滋味吧！

我想，从假期里开始的作业打卡到今天的积分抽奖，留给孩子们的应该还仅仅是一次主动完成作业得来的意外惊喜而已，还停留在比较低级的道德人格阶段——"我不想受惩罚"以及"我想得到奖励"。

什么时候，我才能带着孩子们，一步步经由这最低境界的刻意练习，抵达更高层级的道德人格发展水平呢？希望孩子们所有的动力绝不仅仅源于物质的刺激，更多来自精神的奖赏，来自孩子们内心被点燃而生出的力量。

那些暖暖的瞬间

寒潮踩着第七周的尾巴来了，然而五天中，总有些点点滴滴、细细碎碎的瞬间，在这秋风渐凉的季节，暖暖地拂面而来。

扣我的分吧

周二那天，有孩子告诉我，因为前一天课间操多数同学大摆臂动作不到位，被扣了 2 分。

"如果是多数人犯规，按照班规，每个同学都将被扣个人分 10 分。"

当我在班里说出这些话的时候，孩子们面面相觑，很是委屈，却又不知道该埋怨谁。

大家一言不发，沉默着。

前排的高记旭一直在看着我，若有所思的样子，忽然他举起手来，我示意他站起来发言。

这小家伙有些忐忑地盯着我的眼睛，说："老师，能不能扣我自己的 20 分，别扣全班的？"

"你说什么？"我怀疑自己听错了，又问了一遍。

于是他又大声重复了一遍。这下，我和全班同学都愣住了。积分对于每个人来说多重要啊，大家那么努力地争取加分，唯恐哪里做得不好而减分，可小高同学为了大家宁愿一个人被扣掉 20 分！

大家愣了几秒钟后，接着炸锅了："不行！""不能扣他一个人的！""要扣一起扣！""我们都做得不好，要一起惩罚！"……

我看到小高同学眼眶红了。

一瞬间，我被孩子们的纯真感动到无以复加。

最后，全班一致同意，每个同学都扣 10 分。我相信，这 10 分，不仅仅是做了个分数的减法，在每个孩子心目中，其实也做了一次让正能量满格的加法吧！

我们都是亲生的

每天中午吃过饭，一见男生们站好队去往公寓，女孩子们就一哄而上，过来"抢"我，我就像被活捉的唐僧，被一群女娃娃不由分说地拖着朝女生公寓走。

其实我只在周五有去五楼查寝的任务，毕竟每天都是一万多的步数，再来回爬五楼，我有点吃不消。所以有时候得趁她们不注意，溜之大吉。

那天，我又被这群女孩子抓住了，硬生生被拽到了五楼。这次为了避免她们因老师先去谁的宿舍而争吵，我提出按照门牌顺序去往各个宿舍，每个宿舍待同样的时间，保证公平。

这下不吵了，四间女生宿舍我挨间过去，看着她们像小大人一样收拾好自己的行李箱，最后乖乖地躺床上午休，我才悄悄走开。

转完最后一间拐回来，听到一涵宿舍里叽叽喳喳。她们说什么呢？我走近了，刚好听到妍儿宣示主权："你们都是捡来的，只有我是高老师亲生的！"另一个马上用毋庸置疑的语气更正："高老师一口气生了40个孩子，我们都是亲生的！"

我差点笑出声来，这群疯丫头呀！

下楼的时候，忽然想起佳萱刚刚问我的问题："老师，您说，为什么我们就觉得和您这么亲呢？"

哎呀，这个问题，还真难回答。

谁打扰老师罚三张黄牌

周五下午第一节是体育课，因为要选拔一部分运动员，我跟着葛小妹老师一起上的。回来后我接着上第二节，下课后又累又困，坐下来休息一会儿准备上第三节课。

可是孩子们哪里肯放过这可以交流说话的机会，纷纷挤过来和我说话——他们总有各种各样永远也说不完的事情想告诉我。

我难以招架，告诉他们，老师要休息一会儿，各位暂停吧。

接着我就趴在讲桌上想眯一会儿，然而总有外面刚进来的小孩想蹭过来说话，小班长刘荣鑫果断充当了我的挡箭牌，他铁面无情对着过来的同学压低声音，一遍遍说着："老师在休息，谁打扰老师，罚三张黄牌！"很多孩子立刻息了声，大概是悄悄走开了。

我又感动又觉得好笑，这黄牌，可是最厉害的惩罚，每次犯错误，也不过是罚一张，这小班长，可够狠的！后来我就迷迷糊糊地睡了一会儿，快上课的时候醒来，发现身上已经披上了外套，身边依然围着好多孩子，他们居然就那么安静地看着我睡觉。

想起周二晚自习我在楼道批改作业，下课后，葛祥润过来告诉我："老师，你不要再改了，你需要休息一下！"

想起那天我因为几个小屁孩犯错误生气，宋怡静倒水的时候安慰我："老师，你不要再生他们的气啦！"

……

那样的时刻，我真是觉得，一个个孩子都是天使，温暖了每一个平凡无奇的日子。

没错，我看到了你

无论什么样的班，无论哪个老师带，班里总会有一部分不太愿意表达且略有羞怯的孩子，远远地躲在喧腾之外，静静地享受着不被大家关注的惬意（失落）。话说这样的孩子，我们班也不少啊！

但是，有的孩子，在偷偷发生着改变。没错，我看到了！

帅帅的男孩

上周六晚上，韩再耀突然发过来一张自己在外面吃夜宵的照片，接着又发来一连串语音，告诉我，这是他特意让妈妈拍下来发给我的，说有点想我了。

哈，这小家伙！他喜欢看书，也会举手发言，但是次数不多。在班里总有一群孩子围着我叽叽喳喳，却从没见他过来，在这样一个周末的晚上，他竟然特意发信息来了。

我笑着给他回复，然后互道晚安。大周末收到学生的问候，心里暖暖的。

后来再耀妈妈给我发过来一大段文字——

鼓起勇气写周记，可还是没有勇气提笔——我的字太丑了——就用这种方式表达吧。

上个星期六的晚上，我们一家人正在吃饭，儿子突然要求我给他拍张照片，还嘱咐我一定要拍得帅点，说要发给高老师看看。此话一出，惊得我们下巴差点掉到地上。他姐姐尤其不信，带着怀疑的口气说道："不是吧？老弟，几日不见有出息啦？"他一边不紧不慢地翻着手机相册挑选他的帅照，一边回答："我们老师可好了，超级温柔、超级超级有耐心。"说完他真把照片给您发过去了。收到您回复的那一刻，他兴奋得手舞足蹈，冲他姐姐做鬼脸。听着他磕磕巴巴地跟您聊天，我的心情非常忐忑，怕耽误您陪孩子，更怕耽误您休息。感谢您对孩子们的耐心、用心。

韩再耀是一个性格开朗乐观却又心思细腻、脸皮比较薄的孩子，不是亲身经历都不敢相信，一个多月的时间，我的孩子会有如此大的变化，从畏手畏脚不好意思变得主动和老师聊天，这期间离不开您的辛苦付出，离不开各位老师孜孜不倦的教导，我们家长心里非常感动。

感恩缘分。

感恩遇见。

感恩有您。

感恩有你们。

读完再耀妈妈的这些文字，我忽然想起自己的学生时代，在校园里见到老师就想原地消失，不知道该怎么和老师得体地打个招呼，更别说主动去联系老师了。我这才细细揣摩起周末晚上韩再耀给我发信息的情景，对于平时不太靠近老师的他来说，这应该是他当时最真实的想法、最勇敢的举动了吧。

这一周回来，韩再耀变得自信了许多，课堂上站起来回答问题慢条斯理、头头是道的样子，我注意到了，真的特别帅！

羞答答的玫瑰静悄悄地开

上周发了单元试卷，大家都有进步，所以我是一个个念着名字和成绩发的。鑫雅也进步了，她听到成绩，向来比较严肃沉默的面容上一下有了笑，我还多看了一眼，心想，真难得的笑！

大家是不知道这丫头平时有多么不苟言笑，我去她们宿舍，别的女孩都围着我有说有笑，她就坐床边淡淡地看着，不说话。我过去逗她，问一句她就答一句，也是面无表情的样子，极少见笑容。

有时候课堂上我讲个有意思的事情，全班哄堂大笑，她也会笑一下，但当我目光扫过去，她的笑容会很快收起，恢复到一脸平静的样子。

我常常想，这小丫头的心里都想些什么呢？是害怕我，还是本来就不喜欢笑？

但是，当我看到鑫雅这周的周记，看到她写的听到成绩"简直高兴得要飞起来""我也觉得我考得非常好"，得知妈妈送自己一只小狗就"开心得一蹦三尺高"，还说"下一次会超越自我""要老师多多监督"……我真的被这个小丫头的情绪感染了。

周一课间操时间，我照例要在两列纵队里来回穿梭，对一些做操不标准的孩子进行指导。当我站在鑫雅身旁指挥队列里的男生的时候，我忽然感觉到，鑫雅悄悄靠近了我，把脸贴在我衣服上，好像还调皮地吹了我的发梢。

嗨，小孩，那一刻，我分明感觉到，有一朵花儿，在你的世界，静悄悄地开放了。而我，看到啦！

周四下午讲课后题，正讲着一道呢，我举了个有趣的例子让大家会意，这时候高记旭可能觉得不过瘾，突然从位子上起身，扑通一下跪倒在同学们面前，双手合十、眼神迷离，以夸张的行为即兴解释了我的答案，顿时全班笑翻。

这时候，我刚巧看到后面的鑫雅笑得最欢。不好意思，我又看到了你，哈哈！

所有问题都是机遇

手机

一个月前，凯文妈妈问了我关于孩子的一些问题，其中最让她焦虑不安的，是玩手机问题。

孩子玩手机这个现象太普遍了，也太难治理了——在这个信息时代，怎么可能把手机阻挡在生活之外，怎么可能让孩子彻底与手机隔绝？

孩子小时候用手机学儿歌、看动画片，手机就是他们最好的玩伴；长大了，用手机上网课查资料、打卡传作业，手机是孩子们最便捷的学习工具。但是，他们也学会了刷抖音聊QQ、组队打游戏，手机比什么都亲，玩几个钟头都不知疲倦，家长能不上火？

然而——

上周班级"吐槽大会"上，被孩子吐槽最多的就是父母玩手机。有的说给妈妈背课文，妈妈一边看手机一边听，背错了妈妈也不知道；有的说自己在写作业而爸爸躺在沙发上看手机视频，十分惬意……

成人尚且管不住自己，何况是孩子？

我深知现在学生玩手机的现实问题，专家也各种支招，然而几乎没什么特效。

如果孩子依赖手机，坐视不管是不行的，但也无须看作洪水猛兽，需要具体问题具体分析。

于是，我向凯文妈妈提了一连串问题：孩子什么时间玩手机？玩什么内容？持续多久？收起来手机他什么反应？等等。一是我需要了解孩子的情况，二是希望凯文妈妈从焦虑中抽离出来，以第三者视角去观察孩子。

时间过去了一个月，看到凯文妈妈写的周记时，我被她细致的观察、详细的记叙震惊到了，她对我问的每一个问题都做了详尽的回答，而且还反思了他们家长日常对孩子的一些不良影响。

我仔细读完，发现凯文玩手机的问题并没有那么严重，他这样的情况是比较普遍的，当然要想彻底改变，也并非易事。

我找凯文过来聊，他对于妈妈的观察结论是认可的，并且也愿意去改变玩手机上瘾的行为。于是我给出了三个建议：

1. 理解也允许他玩游戏，但是限制玩手机的时间，周末每天不超过半小时。这是硬性规定。

2. 有选择性地去玩，首选益智类，玩出点高级感。还可以邀请家长一起玩，这绝对是全新体验。

3. 写完作业、玩完手机时间怎么打发？去发展自己的兴趣特长，喜欢啥就学啥，毕竟小学最不缺的就是时间。

小伙子愉快地点头走了，我给凯文妈妈写回复，最后一句话是这样的：要想地里不长杂草，那就种上庄稼。

这个庄稼，目前看，可以是各种户外运动和课外兴趣班。我暂且没有建议在家看书之类的，因为对于凯文而言，从戒手机瘾到迷恋读书，中间还需要一个长长的过渡，不宜过急，毕竟，养育孩子更像从事农业，急不得。

都是你的错，是你先惹我

周二一大早，8班班主任高老师带着个孩子过来找我，原来是我们班记旭同学头一天晚上把人家的嘴打破了。

正好记旭就在我跟前，我看着他俩，问是怎么回事。

两个孩子你一言我一语地说起来了，当然都是说自己无辜，是对方先惹的事。

我大体听明白了，叫停两个孩子的争论，把事情的来龙去脉描述了一遍：

8班男孩晚上抠脚，故意把弄出来的脏东西丢到了记旭床上；记旭气不过，回敬一句"抠脚大汉"，于是宿舍里上演了一幕由语言冲突上升到武力较量的戏码。记旭一个拳头打到人家的嘴唇上，流血了，这事闹大了！

得各打五十大板。

我先批评记旭动手打同学是不对的，遇到被同学恶作剧的时候，需要分两步走。首先是依靠自己的能力去处理，告诉对方，我不喜欢你这样的方式，我心里不舒服，请你不要这样。这算是警告。其次是依靠老师来帮助，如果发现对方还是得寸进尺，要控制自己的情绪，找舍管老师来处理。千万不要意气用事，打或者闹都解决不了问题，反而会生出更大的矛盾。记旭点头称是。

然后高老师也批评了她班那个孩子，不应该对同学做不文明的举动，恼羞成怒打人更是不对。

最终，两个孩子互相道歉，握手言和，一场风波就此平息。但我想，男生宿舍里诸如此类的现象，并非偶然，而是时有发生，该怎么去教育这帮娃娃和睦相处呢？

是时候开个班会了，小子们，等着！

十一月：冰火两重天

平等友好的指点效果完胜居高临下的指指点点，来自优秀同伴的帮助和激励，有时候要优于老师的循循善诱。

认真的小孩最可爱

离你最近的地方，路途最远；

最简单的音调，需要最艰苦的练习。

——泰戈尔《吉檀迦利》

这一周，因为学校组织全学科素养抽测，孩子们经历了更加严格的训练，其间，发生了好些故事。

背古诗，要求会背30首，全班决定一起挑战背40首。总是有一些孩子速战速决，率先完成任务；也总是有一些孩子会偷懒，稍不留神就神游物外了。

检查的时候，有人气定神闲、口若悬河，有人面红耳赤、张口结舌。早早背会的，课外活动时间高高兴兴去玩了；背不过的，留下来继续背。看着同学开心地出去玩了，留下来的铁定心里着急呀，于是赶紧认真背起来。

自己默背，同学提问背，小组一起背；后来，课上背，课下背，在餐厅背，回宿舍也要带着书背……这大概是我第一次看到孩子们这么用功，还是认真的孩子最可爱！

周记里，徐靖轩写道：期中考试后，老师表扬了同桌特别努力，我也要像同桌那样，认真对待学习，提高自己的成绩。

于是，我就看到了靖轩课上不再摆弄乱七八糟的小物件，看到了他高高举起的手、工整写下的字，看到了他眼里闪着的光，也看到了他周记本上完成任务之余又多写的一篇……

词语听写，绝大多数孩子都能写正确，唯独李振宇，大面积空白，或者出错。看我皱眉盯着他写的字，振宇神色黯然，垂下眼睑，一言不发。

我说："现在补救还来得及，一定可以记住这些字词的，你同桌会帮助你的。"

我笑着看向一旁的洪锐。洪锐抿着嘴，目光投向振宇。振宇想了想，抬头看了我一眼，认真地点点头。

于是，每一个课间，同学们自由活动的时候，洪锐和振宇两个孩子就在一起听写词语，然后批改、订正。洪锐来汇报：同桌进步明显。我当然不会吝啬表扬呀！

振宇这小孩脑袋瓜很灵活，他背诵东西特别快，但是没有耐性，一遇到需要静心书写之类的就坐不住了，经常见到他龙飞凤舞的作业。这一次有针对性的听写训练，看得出，他认真了，而一旦认真起来，还有什么是不能解决的呢？

周五下午放学的时候，遇到振宇妈妈，聊了一会儿。

振宇妈妈告诉我，这孩子从小学习不太理想，一直都没找到办法提升。他爱玩，但不像其他孩子那样玩手机游戏，最大的爱好是拼装乐高，有的工程巨大，耗时好几天，他丝毫不焦躁，沉迷其中如痴如醉，专注力超强。还有，他特别爱整洁，自己房间的物品收拾得整齐有序，比姐姐都强。这一点，我倒是从振宇平时对桌洞的整理中早就发现啦。

我对振宇妈妈讲到的振宇的几个特点表达了欣赏，表扬了振宇这一周的表现，告诉她，振宇一定会慢慢改变的，过程中需要我们的鼓励和帮助，还需要时间。

在给振宇妈妈的周记里我写道：

老师不会放弃任何一个孩子，家长也是。

要相信，孩子的落后是暂时的；要相信，每一个孩子都会长成让我们惊叹的模样！

尽管孩子们目前各有各的问题，都还需要改善，但结果真的很重要吗？成长的过程才是需要用心体会的。

"最简单的音调，需要最艰苦的练习。"好好感受这份艰苦的练习吧！

让我们认真起来，认真的小孩最可爱！

冰火两重天

上一周，对于我和孩子们来说，完全就是冰火两重天。

突如其来的降温，让人一脚从秋跨进冬。周一来到学校，孩子们都穿成了小棉球，举行升旗仪式的时候，一个个还是冻得哆嗦。

然而在家长群里，大家分享了很多孩子带来的温暖，让班级里像铺满了阳光。

尤其是俊伟妈妈，看她朋友圈里晒出来的视频，那个手捧鲜花送妈妈的小帅哥，羡煞旁人。

这俊伟是真的体贴父母，试卷忘了带，知道怪自己粗心没收拾好，一再央求我，能不能不让妈妈来送，他不想让妈妈照顾小弟弟的同时还要操心他的事。有次周五爸爸来接晚了，尽管同学们都走得差不多了，天下着雨，他都淋湿了，他还在电话里交代爸爸路上开车慢点，不要着急。

班里像俊伟这样的，还有很多。这样的娃，怎不让人心生温暖？

然而，生活总是充满神奇的转折。

眼看着班级"气温"一点点回升，一场突如其来的学校抽测，却让班里的气氛降到冰点。

发下成绩，一个个垂头丧气。

有好多个孩子，作文只写了几行。真正因为写字慢的，就那么一个，其余的，都是消极怠工，据说有的考着试玩了起来。

真是有点像网上说的那样了：老师，不让你见识见识学生的真实成绩，你还觉得自己教得挺好。

我第一次在班里特别严厉地批评孩子们，并且再三强调，老师生气，不是因为你们的成绩不好，而是因为：书写不工整，折射的是态度不认真；出错那么多，说明学习不扎实。

我一个个地点评，一个个地批评，除了吕念想，哪个都挨上了。

为什么吕念想例外？因为这个小丫头从一开始就说了，自己成绩不好，但是一定会努力进步的。她做到了。在大家都浮躁的时候，她依然认真地学习，认真地完成作业，认真地对待每一道题目。

所以，吕念想是唯一被表扬的孩子，她的努力换来了优异的成绩。

然而，面对挫败，如果不能真正反思问题所在，那挫败就没有意义了。

周四晚上，发下日记本，孩子们开始痛定思痛，整个晚上，教室里静悄悄的。楼道里一个老师遇到我，一脸羡慕地说，这个班纪律真好。

我表情复杂，不知该不该骄傲？

我心里清楚，这一次的挫败其实是好事，这等于给我们敲了警钟，当下务必扭转学习风气，改变学生的学习态度，一切都来得及！

我为你点赞

周一的时候，我就和孩子们讲好了，这一周我们的周记主题是："我为你点赞！"那就带上一双发现的眼睛，去寻找身边的可赞之人、可赞之事吧！

学生篇

如果不留心去发现，很多小美好真的就被忽略了。且看几组微镜头——

镜头一：每一天，课间操时间，负责检查红领巾和校服的宋熠龙都会如实向我汇报：老师，全部同学都穿好校服、拉好拉链、戴好红领巾了。那神情，认真笃定。

镜头二：某天课间操结束，和往常一样，大家分两列退场。走到楼下花坛旁边时，赵洪锐忽然朝旁边迈了一步，伸手捡起了绿化带里的一只废弃口罩。那动作，自然而然。

镜头三：还是课间操时，葛祥润的鞋带开了，李振宇蹲下就帮忙系。他理顺好鞋带，娴熟地绾扣打结，完美完工。站起来的振宇，一脸风轻云淡。

镜头四：吕念想的心灵手巧有目共睹，不知道给我送过多少折纸作品，她创作的唯美漫画更是数不胜数。最近，晚上常常回家的她第二天会带给我一些小甜品蛋糕，细问，竟然是她亲手做的，这可真是让经常烤煳蛋糕的我汗颜。

镜头五：李俊伟周二那天不小心弄伤了右手小指，一直到晚自习结束才来告诉我。我看他的手指肿得像一节一节的莲藕，赶紧打电话给他的家长，让他们带他回去检查，竟然是骨裂。这小孩一晚上是怎么忍着疼痛把所有作业完成的？手还没好，他就来上课了，写字吃力的样子让人既心疼又欣慰。好几天没来上课，很多内容没学的他，数学考了 92 分。

镜头六：班级里填写各种体温表格的活，都是王一涵、王泽俊、王瑞瑶和周子涵他们做的，一日三次填写，工作不累，难得的是天天如此，从未耽误，更是从没抱怨过。

镜头七：周五中午，孩子们会把行李箱和背包放进教室，以便下午放学带着回家。第一次带进教室的时候，大家按照先来后到的顺序排放，行李箱和背包杂乱无序地堆在后面。于是我说："我们怎样能把物品排放得更美观一些？"马上，孩子们就七手八脚分类了，行李箱全靠左，背包全靠右，教室后面立马清清爽爽。之后，每周都是如此，我没有讲过第二次。家长会那天，很多家长也发现了这一点，写进了他们的周记。

镜头八：班级里每个人都有一个岗位：领水果，领牛奶，关灯，开电脑，楼道清扫，卫生角管理，晨读练字，地板清洁……40 个岗位，大家各司其责，井然有序。

……

教室里每天都有有趣又动人的故事发生，用心观察，总会发现打动人的一幕。每一个孩子都在发光，每一个孩子都配得上大写的赞。

了不起的娃娃

小韩老师

因为孩子们要和温州的小伙伴们牵手写信，这一周的空闲时间我得空就指导他们书信书写。毕竟第一次学习写信，第一次真正点对点书信投递，说实话，有一些孩子写的内容真需要好好修改。

但有几个孩子就特别会表达，比如韩再耀同学，他的书信写得如行云流水，幽默潇洒，在我这里第一遍就过了。

晚自习时，我一个个地指导，忙得不亦乐乎，可看看一沓子没有面批的书信，总感觉时间不够用，精力也有限。怎么办？

扫一眼台下，再耀在那里闲着没事，鼓捣小玩意儿，这怎么可以！

"那谁，再耀你过来。"

他一头雾水，茫然地走过来："老师，啥事？"

我指了指身边被写信"折磨"得有点泄气的同学："去指导一下这位同学怎么写出一封高质量的书信吧！"

再耀愉快地答应了。

于是我就看到，整个晚自习，再耀都坐在他的"学生"身边，一句句地点评指导，有时眉头紧锁、目光凝重，有时眉开眼笑、点头赞许；他的"学生"呢，也是一会儿抓耳挠腮冥思苦想，一会儿茅塞顿开如拨云见日，然后一个埋头书写，一个默默陪着。

当我看到小韩老师指导过的书信，不禁吃了一惊：从内容到语言，都比原来高出了好几个层次，而且，原来的语言风格并没变，这绝不是经小韩老师口述、同学手记的产物，这是两个孩子交流了思想、沟通了方法之后的作品呀！

小韩老师水平确实高！

索性，再分配一个"学生"，他依然高高兴兴接了任务。

当然又是圆满完成任务，顺利交上了他们的"作品"。

大写的"服"！

再耀只是云淡风轻地坐在"学生"身边，结合自己的书写进行了一下指点，两位"学生"都能领会到书信写作的奥妙，然后高质量地完成任务，这说明了什么？

平等友好的指点效果完胜居高临下的指指点点，来自优秀同伴的帮助和激励，有时候要优于老师的循循善诱。

十二月：第一扇"破窗"

找到那第一扇"破窗"，警觉、修复，及时止损。

找到第一扇"破窗"

这一周，整个乱七八糟的感觉。

除了两周前因为孩子们大面积感冒生病我寝食难安，其余时间真的没这么焦躁过。

学校组织元旦会演，照例需要上节目，于是从一个月前就着手准备：聘老师，定节目，选演员，量身高，买服装，定道具，做视频……这都是小事，重头戏是：排练。

堂堂妈是排节目的高手，专业又敬业，每天晚自习时间，一遍遍地排练，五六十个猴一样活蹦乱跳的皮孩子，经过她的用心调教，演起《沂蒙火线桥》这节目来有模有样，当然，其中的辛苦，不言而喻。

除了年级节目，班里还有十几个孩子在学校合唱团，也有演出任务。

上周五下午元旦会演，从周二开始就全面进入了彩排，于是，这一周，时不时地就要面对教室里上课时的十六七个空座和被打乱的上课计划。

学校每天的排练安排在上午三四节课和下午一二节课以及晚自习时间，我的课呢，也基本都在这几个时段。于是，我每节课都在纠结，我该上什么？

讲课？考试？背题？那么多孩子没来，补课也没时间。没办法，只能让复习计划一变再变。

我知道，一次上台演出所收获的东西，绝不是听 40 分钟的课所能比的，甚至没有可比性。我不是唯分数论的老师，如果有机会，我支持让每个孩子得到锻炼。

然而让我抓狂的是，每天要面对教室的无序，以及由此产生的失控感。

我是个重视秩序感的老师，无论是教室里桌凳的排列，还是卫生工具、书本作业的摆放，再或者书柜和绿植的布局，甚至桌上物品的放置，都要整齐有序、简洁美观。

每天，我要求孩子们把教室内外地面打扫干净，上课前，必须把课桌排齐，课本文具摆放好，身子坐正，这是最起码的常规。

然而，从开学以来的常规这一周都被打破了。

近一半的孩子每天会不定时离开教室，很多时候他们正埋头做数学作业，或者正补某科笔记，外面突然就进来几个学生，叫一声：舞蹈教室排练！于是这些孩子匆忙放下笔，疾步走出教室——哪里顾得上收拾桌子上的东西？走的时候说不定还带歪了桌子，碰倒了凳子。

后来几天，要整上服装道具彩排，那就更热闹了，不少孩子是两个节目都上的，他们座位周围鼓鼓囊囊那么多衣服，白裙子红裙子，黑鞋子白鞋子，军装妇女装舞蹈扇，还有他们换下来的棉服冬装，再加上打开的课本，没写完的作业……于是教室里就更没眼看了。

我每次去上课，一进教室就会头大，要深呼吸一下平复心情，才能皱着眉头指挥着他们的同桌给帮忙整一下，等安稳下来，五六分钟过去了。

周五上午，正式演出前几位家长来给演员化妆，孩子们个个兴奋不已，按捺不住地左顾右盼，数学和英语课眼看都没法上了。

女孩子忽闪着大眼睛摆造型拍照，男孩子穿着军装走来走去耍酷，没有演出任务的孩子也无一刻安宁。

中午放学时，教室里的物品已经乱成一团。几位妈妈实在看不下去了，向孩子们提议打扫卫生，我忙着去批改周记，就把教室交给了家长和孩子们。

下午1点多，家长和小演员们去了报告厅，午休结束的孩子们陆续回到教室。也许是这些天他们已经习惯了乱糟糟的局面，没多大工夫，上蹿下跳的娃娃们很快把整洁的教室又弄乱了，本来满心欢喜地要给他们发零食过元旦的我，头一下子又大了。

必须使出撒手锏了——我一字一句清清楚楚地告诉全班：现在开始，整理自己的课桌周围，以四人一排为单位，哪排整理好了给哪排发零食，有一个整理不好，整排都不发。

这句话比什么都管用，孩子们立马进入战备状态，排桌子捡垃圾，清理自己的桌面桌洞，给搞得慢的同桌帮忙，替演出的同学整理，很快，教室里变了样。

阳光照进来，照在亮堂整洁的教室里，照在窗口的绿植上，叶子泛着光、透着亮，孩子们也感受到了这份干干净净的清爽，浮躁一扫而光。

然后，我开始发零食，但提前约定好，谁把垃圾丢到地上，要没收零食。于是孩子们吃得特别文雅，一边吃一边惬意地看着电影，享受着难得的放松。

下午放学送完路队，我返回教室，重新把教室打扫一遍，看着整洁美好的教室，我舒了口气，这才是我们教室应该有的样子！希望下周回来，走进教室的每一个孩子都能感受到这份温馨和美好。

回头去看这一周，我的焦灼源于教室无序和混乱带来的失控感，我舍不得占用宝贵的上课时间去整理，而不整理，我又忍不了那种乱糟糟的场面，于是心里上演各种拉锯战。

其实静下心来分析，我只需要在这种状况一开始出现的时候，就立即对孩子们重申物品摆放规则，交代好演员们的衣物如何放置，或者启发他们去思考该怎样合理放置，而不应该任由这样的散乱状态一天天延续。在这期间，我留意到，其他孩子也深受影响，他们没有演出任务，其实完全可以整理好自己的物品，但是，他们却跟着一起散乱起来。这，就是破窗效应。

要制止这种局面，就需要找到那第一扇"破窗"，警觉、修复，及时止损。

千里之缘由"信"牵

这周，专门讲讲我们和温州小伙伴们的故事。

两封书信呢

一个月前，和飞琴老师相识于微信，接着，我们就和温州的 42 个小伙伴成了手拉手的朋友。

记得写第一封信时，孩子们刚刚学写书信，从格式到内容，从语句到书写，前前后后修改，最多的写了五遍。

当最后修改完毕把信誊抄到精美的信纸上，每个孩子都一脸兴奋，又极其认真，落笔的每一个字都虔诚无比，毕竟，那是给我们远方小伙伴的第一份美好的问候呢！

然后，我给每人发了一张邮票，孩子们更加兴奋了，这是他们第一次见到邮票。方寸之间，气象万千，每个孩子手中的都不一样，大家互相欣赏着小小的邮票，赞叹不已。

当我发下精美信封时，孩子们又是一阵欢呼。接着，我教大家写好地址、邮编，把写好的信塞进信封，封好。

邮寄出去，孩子们就开始扳着手指头期盼小伙伴的来信了。

我们寄出的信快一步到达温州，飞琴传过来那边收到信的照片，孩子们有的低头认真读信，有的和同学分享收到的礼物，一个个眉开眼笑、喜不自禁。

几天后，在班级孩子的翘首企盼中，42 封盖了两地邮戳的信如约而至。当我把信带进教室的时候，孩子们简直乐疯了！被点着名字上台领自己的信，一个个掩饰不住地乐啊！都是迫不及待地撕开信封，取出信纸，然后美美地读起来，自己读完还不过瘾，再和同学一遍又一遍地分享。

这一幕幕镜头，我都捕捉下来，发给了飞琴，然后我们俩再偷着乐一会儿。

很快这样的幸福接着又来一波！

温州小伙伴们的第二封信来到了，沉甸甸的一包，教室里的娃娃们再次嗨翻，因为——小伙伴们的来信还附加了礼物，各种各样，每一件都让人惊喜不已呀！

整整一节课，教室里都在沸腾，孩子们品味着一种特殊的喜悦。这份喜悦，是千里之外的温州小伙伴们带来的。

一周内连着收到两封信，娃娃们开心之余提议，我们要回信，我们也要送一份礼物。

正好周末，那就回家去准备吧！

于是，孩子们周末在家尽情书写他们的心意，准备好小礼物，返校后我就给打包寄出去啦。

当温州的小伙伴们再次收到我们的信，飞琴相机镜头下的他们，和我的孩子们一样，都笑得无比灿烂。

那是任何事情都给不了的惊喜，也是任何他人都无法体会的幸福！我和飞琴很荣幸，在82个娃娃的童年里，给他们增添了这样一份温暖有趣的回忆。

微信里的雪

元旦假期回来第二天，周三，天降小雪，这可乐坏了一众小同学。

早晨就有几个娃问我："老师，我们出去打雪仗呗？"

那时空中不紧不慢地飘着小雪花，除了草坪和绿化带上有点白模样，其他落在柏油路面的雪全化掉了。

我笑着问："你们觉得能打起来不？"

一群孩子立马叫着："能！老师，你说好的下雪带我们出去玩！"

我没答话，心想，比起去年带学生打雪仗滚雪球那时候，这也叫下雪吗？

回教室正常上课吧，别想了。

娃娃们略有失望，但也承认这雪小得确实太不够意思了。

回到教室，忽然想起温州的小伙伴们来信曾提到对北方下雪特别憧憬与好奇，于是我提议全班孩子拍一个短视频，把这消息告诉远方的小伙伴。孩子们立马欢喜起来，对着镜头挥舞着手边笑边喊："我们这里下雪啦!"

雪一直下，依然不紧不慢飘飘洒洒，两节课过后，操场上已经白茫茫一层了。

隔壁班出动下楼玩雪了，几个孩子趴在窗台上眼巴巴地瞅，我把手一挥："走! 我们也下楼!"

孩子们顿时乐翻天!

他们在飘舞的雪花中或呼喊奔跑可劲撒欢，或仰起脸来感受雪花落在脸上的清凉，或伸出手来试图接住一朵朵的雪花……虽然无法打雪仗，却丝毫不影响这份快乐。

我给飞琴发信息，把孩子们在雪地上撒欢的视频发了过去。

那边的孩子们看到下雪的情景哇声一片，艳羡不已。

真好，一场小雪，让一群北方孩子尽情地奔跑玩耍，也让一群南方孩子隔空感受到了一份惊喜和快乐。

就这样，书信和微信，连接起临沂和温州，两千里的距离也不过是咫尺。

一段奇妙的缘分已经开启，后面还会发生什么?

一定是美好纷至沓来。

嗨! 周记

开学初，当我写下第一篇班级故事的时候，我没有想到，就这周记，我果真能坚持每周写一篇。

当我给孩子们打印出第一份周记放在教室的时候，我也没有想到，一个学期过去，我们的班级故事，竟攒了那么厚厚的一本。

我们总是会感慨，时光无声，可是因为这一篇篇周记，我们却可以为岁月留痕——

见证成长

九月，这一群刚刚踏进四年级门槛的孩子，认认真真地写下第一篇周记，字里行间还带着三年级的稚嫩。多数孩子写半页就到达了上限，哪怕是新学期，哪怕是新老师，也被他们以三言两语描述完毕，再无话可说。

如今，很多孩子写起周记文思泉涌，停不下来，甚至写完一篇不过瘾再来番外篇。写，是最简单最自然的表达。

一开始写周记，无非都是上课学了啥，下课玩了啥，周末吃了啥，流水账式记录，用我的评价就是"无血无肉，无情无义"。后来，我逐渐看到了"灵魂在场"的文字。

比如可馨上周的周记，就让我眼前一亮，两个女孩之间彼此等待的焦灼与快乐，被她细腻地描述出来，还赋予了这份等待更深沉的意义，小丫头真是厉害！

还有肉眼可见的字体变化，从歪歪扭扭到板板正正，每个孩子都在一点一点改变。哪怕是最慢的孩子，也正在通往成长的路上，一直走，一直走，可不就能看见最好的风景吗？

定格快乐

四个月里，有过多少快乐的时光！

课堂上，你还记得让全班爆笑的场景吗？高记旭突然的跪地表演，刘荣鑫和葛祥润卖白菜的直播间，韩再耀抽到老师请客又蹦又跳摔倒在地板，还有同学们一个个精彩纷呈的问题答案……

课下时间，多少次操场上玩游戏尽情狂欢，多少次宿舍里悄没声儿地玩角色扮演，多少次围着老师不肯散开转成一团，还有给温州小伙伴们写信贴邮票的兴奋难安，更有运动会上呐喊助威的激动瞬间……

周末呢，作业写完之后，吃美食、玩游戏、看电影自由自在，那更是欢乐无边。

而这些，都被写进了周记，定格下来，成了我们共同珍藏的回忆，很久很久以后翻翻，多有趣！

记录反思

孩子的学习也不全是快乐，就像我们的生活也不全是幸福，小小少年，也有很多失望失落、沮丧痛苦的瞬间：

考试成绩发下来，看到让人大跌眼镜的分数时；因为过于调皮，对别人造成伤害，对集体造成不良影响被批评时；由于贪玩或懒惰，完不成作业无法面对老师时；周一起床困难户，总是在晨读结束才姗姗来迟、不敢进教室时……

所有这些值得警醒的事件，都被孩子们写进了周记，认真地反思，以文字为警钟，叩问心灵。

虽然有的孩子反思不够深刻甚至浮于表面，虽然他们可能前脚反思后脚再犯，但是，总会有变化，总会有进步。

当一个孩子诚实地面对自己、剖析自己，看见内心里那个让人气馋的小我，和他对话，慢慢地，他就会修正自己的行为，虽然会费点时间。

想起了苏格拉底那句话：未经过反思的人生不值得一过。从小学会反思，在长长的人生中，才能不断改进、成长，最终成为自己希望的样子吧。

表达情意

并不是所有的孩子都能时刻感觉到被爱，也不是所有的父母都能畅通无阻地表达，但那些口头语言不能表达的呵护，那些表面举止背后的关爱，那些隐藏在内心不曾展露的深意，却都可以在文字里一览无余。

刚接手班级的时候，有次靖轩和我聊起他爸爸，在他心目中，那是一个对孩子甩手掌柜般不闻不问的形象。于是，我一直想着找个机会和他爸爸谈谈。

然而当我读到靖轩爸爸的文字，我的看法发生了改变。开完班会，他写了长长的一篇文章，回忆了自己求学生涯中重要的转折点，当我在班里给孩子们读完，掌声雷动，孩子们都被感动了。这大概是靖轩第一次从这样的角度认识父亲吧，他眼里满是兴奋、自豪。

后来，靖轩爸爸又写了一篇《我给孩子一张白纸》，从孩子呱呱坠地写到咿呀学语再到成为翩翩少年，又设想他踏入社会经历挫折与成长，字里行间流露着一个父亲对孩子的舐犊之情。我为之动容，想到张晓风的《世界，今天我交给你一个孩子》，是同样的父母心啊！

从爸爸的文字里，靖轩感受到了爸爸那些不曾表达的爱，他眼里有一种别样的神采。现在的靖轩呢，不再是那个上课坐不住让人头疼的学生，变得越来越可爱、越来越专注，关键是，他的周记里，写满了对爸爸的崇拜。

分享智慧

家长也是周记大军中的一员。

我总是会被周记里家长们教育孩子的智慧所折服。一个个教育故事，如果不被记录，那就随风散了；如果不被看见，那就太过遗憾。

荣鑫的小小情绪，都会被细心的妈妈发现，学校里发生的不愉快啦，学习上遇到的小挫折啦，甚至小家伙有一些不太好的行为啦，妈妈都能边聊天边给予疏导、化解。

这不，上周荣鑫和同学换了个精致小物件，拿回家和妈妈炫耀，因为在一年级时曾有过强迫同学换东西的经历，妈妈心有余悸啊！怎样教育娃呢？妈妈开始若无其事地和荣鑫聊天，聊着聊着就聊到了他曾被同学抢走了心爱的面包。这件事娃记忆深刻，想到伤心处竟然哭了起来。要的就是这个效果，妈妈顺理成章地讲下去：如果别人心爱的东西被拿走，你能体会那种伤心吧？所以呢……娘俩聊了好久，荣鑫心悦诚服。

结果就是，第二天荣鑫把东西还给了同学，高高兴兴地。

像这样有趣有益的亲子故事，在家长周记里随处可见。明玉妈妈、记旭妈妈、誉馨妈妈、祥哲妈妈、凯文妈妈、梦涵妈妈……一个个都是记录故事的好手，也都是教育孩子的高手。

身为家长，在教育孩子的时候都会有觉得力不从心甚至崩溃抓狂的时刻，别人家父母那一点教育的智慧，如果善于学习，说不定就会在将来某个相似的场景里用得上呢！

陪伴守望

都说陪伴是最长情的告白，这话不假。

从开始写周记，念想妈妈就不曾缺席。每一周，念想妈妈都会写下对女儿说的话，从不会吝啬对孩子爱的表达，浓浓亲情融化在一篇篇的周记里。

被爱是幸福的，能时刻感受到被爱的孩子是幸运的。念想脸上每天洋溢着笑，那么真纯自然，一看就是一个被爱滋养但不骄纵的孩子。

陶然妈妈对孩子的爱是另一种方式的存在。从一年级陪伴孩子学习开始，陶然的拖延让妈妈苦不堪言，所以，妈妈一直都在和娃斗智斗勇，也一直都在寻找好的方式。

直到四年级陶然妈妈开始写周记，一篇篇的文章里，是她深刻的反思，她意识到了自身的教育观里有一些必须去除的执念。于是，观念一变天地宽，她开始改变了，陶然也在战胜自己的路上取得了非常大的进步，这是她们自己都不曾预料到的。

为母则刚，在周记里，我看到了陶然妈妈最坚韧的成长力：为了孩子，勇于打破自己的认知，勇于修正自己的偏颇，勇于探寻一条新的教育路子。这份爱，更深沉；这份守望，更深情。

那就写下去呗，就像《犟龟》里说的，只要上路，总会遇到隆重的庆典。

再见，上学期

四年级的上学期戛然落幕，结束得干脆利落。

匆匆的告别

最后一周，只有短短三天半，那半天是考试。

原本以为下周孩子们还会返校领成绩、发奖状什么的，结果出于一些原因，全市统一不再返校，也就是说，考完试就等于放假了。

假期来得有点猝不及防，最后几天一直在紧张忙碌地复习，还真没做好立马放假的心理准备。

周四中午考完试，回到乱腾腾的教室里，我强令孩子们平复一下刚刚结束考试的兴奋和马上要放假的躁动，先把课桌排列整齐，再捡拾干净地上的垃圾，收拾好自己的课本，然后，向大家宣布了假期时间：一个多月！

台下一片欢腾，一个个掩饰不住地欢呼雀跃。

我没作声，先让他们的开心飞一会儿。

等孩子们安静下来，我准备布置假期任务，几个小孩眼巴巴地看着我："老师，作业多不多啊？"

我没回答，转身在黑板上刷刷地写开了：读写背练，四件事搞定。

台下又是一阵喊喊喳喳，作业不多，都怪满意。

然后就是下发《寒假生活》、《素质评价手册》、《致家长的一封信》、校报、假期实践作业等，每人五六份，还好，没有再出现乱糟糟的局面。

时间差不多了，放学。

孩子们一个个起身，凳子推到桌底，收拾干净座位周边，带着自己的大包小包，过来和我挥手告别，离开教室。

梦涵跑过来，朝我脸上吧嗒一口，我笑着正要说点什么，吧嗒又是一口，然后说着"老师再见"，一溜烟跑了。

直到最后还剩几个孩子了，我才想起，赶紧留下点照片视频呀，这可是一学期的最后啦！

于是我拿起手机录下了最后几个孩子走出教室的片段，晚上把几段合成，做出小视频来，听着他们一个个说"老师再见，我会想你"，看着他们和我挥手离开，一个个身影消失在楼道尽头，再看看空荡荡的教室，我心里不由得酸酸的。

一个学期，匆匆结束了。

额外的奖赏

考完试两天后，收到学校反馈的成绩。

当时我正在从老家开车回市里的路上，我把车靠在路边匆忙扫了一眼，班级孩子整体成绩上升，比较理想。

我一路在想，我有没有为了分数而做一个连自己都讨厌的刷题老师？我有没有让自己的每一堂课都有趣有益？我有没有在课堂上让孩子们看到知识所散发的魅力？

其实还是惭愧的。

还记得那天我站在讲台上讲一个重复多遍的知识点，我看到一部分孩子眼里的那种呆滞，突然备感沮丧——我讲得神采飞扬，可是孩子们所感知到的知识，却是黯淡无光。

那一刻我一心要改变。

哪怕先从形式上变化呢！换一个风格讲，换成学生讲，换成游戏，换成比赛，甚至换成不再讲，让他们自己去梳理、去发现、去总结呢。

我不是只追求成绩的老师，甚至一度看不上成绩。

尤其小学阶段，过度追求分数，会压制很多孩子的学习欲望。

家长会上记旭爸爸说我是"躺平"的风格，一点不错，我对自己的孩子、对学生，真的是这样。

然而，不以成绩论英雄，并不代表对学习要求不严格。我曾给家长发过这样一段话——

虽然老师不以成绩论英雄，但我对于学习的要求是很严格的，每个孩子都应该在自己的能力范围内，取得应有的成绩，而不是任由惰性泛滥下去。换句话说，我不愿意看到那些本该更优秀的孩子一直在低水平徘徊。

这其中的度，需要好好把握。

一路思绪万千。

回家后把成绩通过小管家发布，每个孩子只能看到自己的各科分数，没有排名。

接着我给全班起草一个群公告，想谈谈关于成绩、关于假期安排的事，没想到还没写完，我的微信私聊信息就井喷了，家长们纷纷和我分享孩子的进步，表达他们的感谢。

最有意思的是靖轩爸爸，发过来截图，不相信是儿子的成绩，不相信能考这么好。

不和任何人比，我们就只和过去的自己较劲。

这份进步的喜悦，对于我们班来说，对于我来说，确实是额外的奖赏。

是结束，也是开始

四个半月就这么过去了，我们的四年级上学期，画上了圆满的句号。

寒假已经到来，假期里和孩子们整点什么有趣的事情呢？敬请期待吧！

抽枝：从地面到云端

我喜欢它们本来的样子。尤其是最普通的树，它们拥有强大的吸引力，无论如何都要生长，因为它们必须生长。

——菲奥娜·斯塔福德

三月：暗淡无光的一天

无论是用钢笔在田字格里一笔一画地练字，还是让心底的文字在稿纸上快乐地飞舞，都会留下一些痕迹，也必然会留下一些痕迹。

新学期，再出发

不知该用什么语言来描述新学期伊始的我们班，竟至于，这篇文章拖了好久才写。

我的"优乐美"

开学那天一早，我来到办公室简单收拾了一下准备去教室，出门就遇到了楼道里的振宇和俊伟。他们一看到我，大声叫着"老师"奔跑过来。我两只胳膊一边揽着一个，说笑着走向教室。

一进门，教室里的孩子全部欢呼起来："老师！""老师！"我笑着和娃们打招呼："想我了没？""想了！"台下异口同声。"好吧好吧，就当你们说的是真心话哈！"我边开玩笑边打量着台下的一张张小脸："胖了，高了，白了，这一个个的。"

然后我走上讲台，问："路上有没有刮大风？正好把假期作业刮跑那种？"孩子们笑答："没有！"

我又问："有没有掉到河里，正好把作业冲跑那种？"孩子们一个个笑得前仰后合，答："没有！"

那好，咱们来收作业喽！

五六个孩子分工合作，不一会儿就把全班需要上交的各种材料、各科作业收拾得明明白白。

正表扬大家表现不错呢，有人敲门找我，来了一位新同学——林秋宇。我在楼道里向秋宇妈妈简单了解孩子的情况，教室里一伙娃儿坐不住了，兴奋不已地跑出来，围着新同学又蹦又跳，热情地打招呼，拉着秋宇就进教室，也不管新同学会不会被这阵势吓到。

没过一会儿，又有一个新同学来报到：一个文静的女孩，宋嘉琪。全班又是一阵喧闹，好一会儿才平静下来。这帮孩子呀，热情得让人受不了！

我抓紧给两个新同学联系安排宿舍，然后带学生去一楼分书，指挥着搬运到教室，一上午都在忙忙碌碌。

下午忽然想起来，提前给孩子们准备的开学三件套是 40 份，没有想到会转来新同学呢！怎么办？赶紧补订，配送很给力，不到半小时礼物就送到了学校。

吃过晚饭，我悄悄带两个孩子把礼物运到教室，准备过一会儿给大家一个惊喜。

晚自习开始了，我宣布，为了庆祝新学期的开启，为了奖励过去半年所有同学的进步，老师给大家准备了三件套：第一杯春天的奶茶，希望大家的新学期甜蜜出发；一根棒棒糖，希望我们身体棒、学习棒、心情棒；一本小小的记事本，希望大家学会利用清单记事，做事井然有序。

我的话刚说完，下面的掌声比什么时候都响亮，一个个开心得不得了。

来吧，发礼物！教室里沸腾起来。很快，除了新来的两位同学，大家手里都有了三件套。

我拍手让大家安静下来，眉头一紧，话风变得严肃："我昨天准备的是 40 份礼物，没想到今天来了两位新同学，这可怎么办？"

李俊伟接着喊出来："老师，把我的给新同学！"

下面马上有很多小手高举着。高记旭站起来说："老师，我可以不要，把我的给新同学吧！"

我笑了，表扬这俩孩子——精神富翁呀！然后卖个关子："你们俩这么可爱，我怎么忍心让你们收不到礼物呢？来，两位新同学请上台！"

"请闭上眼睛！"俩孩子不知所措地站在讲台边，乖乖地闭上了眼睛，台下的同学则好奇地看着我，丈二和尚摸不着头脑。

等俩孩子睁开眼睛，面前一人一份的礼物让他们惊喜不已，他们谢过老师，开心地回座位了。

我更开心。班里这群孩子有爱有趣、有情有义，又何尝不是我心中温暖甜蜜的"优乐美"呢？

额外的奖赏

孩子们吃着棒棒糖，正甜着呢，以为惊喜到此为止了。且慢，后面还有！

我先讲述了寒假两个小分队 22 个人历时 30 天的故事，一个是被我强制入群的 12 个孩子组建的练字小分队，一个是 10 个孩子自愿参加的写作训练营。

练字群里，还有一位大朋友，那就是振宇妈妈，她主动申请和儿子一起练字。30 天，她一天也没有落下，同时还负责统计所有孩子的打卡数据，不让一个孩子偷懒掉队，谁不提交，她就会@谁，尽职尽责。

更让我感动的是，即便孩子们已经开学，群里一片沉寂，振宇妈妈依然坚持每天练字，要给儿子做榜样。

30 天过去了，练字群里这 12 个在班里曾经写字最难看的孩子的书写，都有了巨大的进步，这与每个孩子的努力是分不开的，也与振宇妈妈榜样的力量是分不开的。后面 10 天，当我们的练字以书法作品形式呈现出来，每一个孩子都看到了自己努力的成果，也感受到了书写的美好。

所以，我送给了 12 个孩子每人一支钢笔，希望他们记住这个寒假努力所带来的成就感，继续好好练字，书写属于自己的精彩。

比起练字群对每个人的点评督促，我对写作训练营算是放养的，孩子们每天一篇日记，只要写就行，我极少点评——写作浪漫期，不需要用条条框框来规定动作，先让他们拥有可以自由喷发的文字再说。

30 天里，张艺馨负责统计打卡数据，和振宇妈妈一样认真负责，让我特别省心，也特别欣慰。这个小丫头，真是太能干了。

30 天，几乎每个孩子都是 22 篇日记、4 篇电子稿作文，人均7000 字以上。所以呢，我送给了这 10 个孩子每人一本书，希望他们在读书写作中找到自己的灯塔，开启一段全新的航程。

只有这些吗？不是的，还有意外的奖赏啊——有 16 篇文章被选登"少年作家"公众号，其中有几篇还会刊登在 2 月份的杂志上。

我们一起，再出发

书写，是个美妙的字眼。

无论是用钢笔在田字格里一笔一画地练字，还是让心底的文字在稿纸上快乐地飞舞，都会留下一些痕迹，也必然会留下一些痕迹。

或轻描淡写，或浓墨重彩，或歪歪扭扭，或端端正正，或蜻蜓点水，或入木三分。

那么，亲爱的孩子们、亲爱的家长们，新的一年、新的起点，我们一起，再出发吧！

去寻找，去经历，去书写每个人精彩的 2022。

总有一个你，闪闪发光

我坚定地相信教室里的每一个孩子，迟早有一天都会闪闪发光。

封面人物张艺馨

艺馨成了《当代小作家》杂志的封面人物。

听到这个消息，小伙伴们先是惊讶，然后是无比地羡慕。

为什么是艺馨？

因为她爱读爱写，还读得特别认真，写得特别好。

她爱读。在同学们专心吃水果、喝牛奶的时候，她在读书；在别人下课做游戏、玩玩闹闹的时候，她在读书；在晚自习每一个写完作业的空当，她在读书。

她爱写。上个学期，被老师们纷纷夸赞并拿去给班里同学做范例的，是艺馨的周记；整个寒假，每天写得有模有样、生动有趣的，是艺馨的日记；每一篇上交给我几乎不怎么用修改就会发表的，是艺馨的习作。

要上封面了，艺馨妈妈那里竟然没有现成的照片，那我来找人拍。

于是请了顾老师。在我们学校的标志性建筑"卓尔石"前面，穿着校服的艺馨笑容浅淡地拍了她人生第一张封面照。

谁也没有料到啊，会有这么一个额外的奖赏。

如果你读过《特别的女生萨哈拉》，你就会懂得，什么是额外的奖赏。

还有那一句：作家需要写作。

你的竞选，虽败犹荣

要竞选班长啦！由从前的直接投票选班长改为自由竞选，然后大家再投票选择。

上周下了通知，有意愿的同学需要提前准备，写好演讲稿，届时上台竞选演讲。

周一班会，我宣布这节课竞选班长，大家一听就兴奋起来。谁敢先上台来演讲呢？大家拭目以待。

刘荣鑫第一个上台了。

荣鑫的演讲稿写得不错，班里第一次正式竞选班长，他非常认真地对待，也精心地准备了。同学们的掌声热烈而持久。

然后，下一个？

大家把目光投向梦涵，梦涵却一脸焦急地望向我。

"老师，我的演讲稿写在周记本上交到办公室去了！"

"哦，不要紧的，你就直接上台去说呗！"其实也可以让梦涵去拿来再上台的，但我确实想考验一下这个娃娃的临场应变能力。

梦涵稍有迟疑，不过还是平复一下心情走上了讲台，掌声响起来了。

简单介绍过自己后，梦涵开始了旁征博引的演讲，她说"不想当将军的士兵不是好士兵"，这话没毛病！

我带头为她鼓掌。教室里的掌声持续了很久。

在梦涵之后，再没有人上台了。于是开始投票，结果出来，荣鑫胜出。毕竟在这个男孩子人数占有压倒性优势的班级里，孩子们似乎更相信男孩子荣鑫能 hold 得住全班。

看着梦涵释然的样子，我非常真诚地对她说："老师特别佩服你，我像你这样大的时候，是连讲台都不敢上去的，更别说竞选演讲，而且还是现场脱稿演讲！你没用演讲稿还能讲得这么好，勇敢战胜了自己的胆怯，所以，你的竞选，虽败犹荣！"

你，就是如此出彩

第一周周记，有几个孩子没好好写。

我明显感觉到，寒假开学回来，一些孩子还停留在假期的懒散状态，甚至是，上学期已经养成的良好习惯，开学后在个别孩子身上竟然荡然无存。

我严厉批评了没有认真对待周记的孩子，同时，表扬了韩再耀和池妍儿——他们的周记，特别好玩，也特别出彩。

之后我找来这俩孩子，告诉他们，周末回家把周记变成电子稿，老师要给发表。

真的吗？

妍儿在办公室激动得脸都红了，又惊又喜，估计开心得要冒泡啦！

再耀也是一下子兴奋起来，眉毛一挑，蹦跳着跑开了。

当我在教室里隆重地点名表扬，当全班同学羡慕的目光投向他们，两个孩子身上似乎有了特别的光彩，那么地靓丽夺目。

仅仅是因为他们周记写得好吗？不，还因为，他们在大家共同经历的平凡生活中敏锐地捕捉到了温暖和美好，在好多同学还都停留在寒假后遗症的懈怠状态之时，他们却很快调整了过来。

所以，此时的他们，才会如此出彩。

这个夜晚

陪伴四年级9班的第六个月，在经历了前期一直以来的"阖家欢乐、一派祥和"之后，终于，在今晚爆发了一场差点让整个班级分崩离析的"内部战争"。

1

整个事件说起来有点乌龙。

这要从上周说起。上周二，我讲到自己所带的四年前毕业的那个班曾经举办过"百家讲坛"，学生们邀请了自己所能邀请到的最厉害的人物来班里，不同年龄、身份、职业的嘉宾给我们带来了一场又一场精彩的讲座：银行家讲授货币知识，展示他收集的多套人民币；医学教授带来人体骨骼模型，讲解坐姿不对造成的骨骼变形；航天爱好者讲述航空航天知识，展示中国航天人的奋斗历程；一位妈妈带来食材教会了大家包粽子，另一位妈妈给孩子们上了一节别出心裁的心理课……

下面的 42 个孩子听得摩拳擦掌，纷纷要求也来个"百家讲坛"，我笑着答应了，前提是——你们来邀请嘉宾。

下课铃声响起，娃们欢呼着出去撒欢了。

等铃声再次把他们召回，就看到荣鑫、祥润和振宇几个男孩子一路过来，涨红着小脸，两眼放着光，到我跟前争着说他们做了件大事。

原来，这些孩子刚刚敲开了几个校长室的门，邀请到了好几位领导来参加"百家讲坛"。

我哭笑不得，这先斩后奏！我只能硬着头皮答应孩子们定下日期开讲了。

2

周一回来，天天有孩子问我"百家讲坛"到底定在哪天。可是这周特别忙，一直拖到周四晚自习，不能再拖了，于是按照邀请的先后顺序，让荣鑫晚饭后去邀请他的嘉宾——张校长来做第一期分享。

我赶紧做好几张 PPT，物色好主持人，这不就万事俱备，只待开讲了吗？

没想到——

我吃过饭回到办公室不久，荣鑫就跑来略带沮丧地说，张校长要开会，今晚没空，得改天才能来。

我说："那就请下一位，让祥润去找他的嘉宾李校长呗！"

他一阵风似的跑出去了。

没多大一会儿，荣鑫和明玉哭丧着脸进来了。荣鑫一见我就要哭出声来，哽咽着说："老师！王梦涵她们把李校长得罪了！她把话说死了，人家李校长不来了！"

我丈二和尚摸不着头脑，这一会儿发生了什么？

不举办"讲坛"不要紧，这无缘无故得罪校长为哪般？

于是我赶紧去问个究竟。半路遇到祥润，他正在李校长门外哭得上气不接下气。我带他回教室，从他们断断续续的哭诉中，得知是梦涵提前去了李校长办公室，不知说了什么，李校长说不参加我们的活动了。

梦涵没在教室，几个大男生又气又急又委屈，一个劲掉眼泪。

那我得找李校长问问清楚，如果是孩子言语冒犯，得道歉啊。

于是我带着祥润去了李校长办公室，敲门进去，开了一下午会的李校长正在吃泡面，见面就和我说了几个孩子的事，原来并不是荣鑫他们说的那样。梦涵来邀请，见李校长忙到没空吃饭，就体贴地说，要不您今晚别来参加了，太辛苦了。李校长也正好想休息休息，这事就这么定了。

祥润他们不知道这事呀，再次进去邀请，李校长说，已经说了不去了啊。于是就有了刚才那一幕……

我和祥润在李校长办公室正聊的时候，同事凤妹子一个劲给我打电话，我回信息：啥事？

她回道：你班的小孩在哇哇哭呢！

从校长室出来，我直奔教室，路上就有孩子和我说，荣鑫发飙了，梦涵和好几个同学都哭了。

　　孩子给我描述的教室已经乱成一锅粥，但我已经想好怎么收拾了。

　　3

　　教室里果然乱得不可开交，在楼道里就听见各种嘈杂争吵的声音，我三步并作两步跨进教室门的当口，荣鑫用教鞭狠狠敲击讲桌，要大家安静下来。

　　我走上讲台说："我数三个数，一、二、三！全部坐好！"

　　大家看我脸色阴沉、表情严肃，于是哭的、吵的、劝和的、看热闹的，都默默坐好了，教室里气氛压抑得可怕。

　　我先批评了一通掉眼泪的同学："遇到问题不去想办法解决，却在那里一哭二闹，这是没出息的表现！

　　"李校长说不来了，今晚的'百家讲坛'要泡汤，就想当然地以为是王梦涵说错了话。出了问题，不相信同学，不给同学解释的机会就一股脑儿地指责抱怨，把过错推给别人，是最无效的处理方式！这样不但没有解决问题，反倒增加了更多矛盾，制造了更多问题，让一件原本美好的事情现在糟糕得无法收场，想想是不是？"

　　我接着让梦涵起来说说自己到底给李校长说了什么。梦涵委屈地哭着诉说。等她把话说完，大家明白原来她也是出于一片好意，也就放下了心里的不满。

　　我没有就此打住，追问梦涵："你也有错，知道哪里错了吗？"她摇摇头，有些茫然。

　　我说："好心是不假，可是每个人的嘉宾都应该自己去请，你代劳之前需要和祥润说一声呀。当李校长告诉你不来了，你也没有回来和大家说，导致后来祥润他们莫名被拒绝了，他们委屈郁闷也是正常。换作谁，大概也会生气的吧。"

"所以问题出在哪里？"

"没有沟通。"有孩子小声答道。

"好，现在相当于各打五十大板。下面我告诉大家这件事的结果，经过我和祥润与李校长的沟通，解除了刚刚的误会，第二节课，我们的'百家讲坛'正式开始！"

孩子们的脸上一下子有了神采，伸出手想鼓掌，但被我盯一眼都放回去了。

我表情依然严肃，说："世上没有白走的路，今晚这事，可不能这么过去，我们得找出点对我们有用的东西。"

孩子们不明就里，大概心里想的都是赶紧翻篇？

接下来我讲了对待问题的心态，无论多么糟糕的事，用积极的心态对待，都能发现好的一面。我讲到了女儿很小就记住的"积极的心态像太阳，照到哪里哪里亮；消极的心态像月亮，初一十五不一样"的故事。今晚的故事，自有它的意义，而且非常有意义。

由此我延伸道：像荣鑫等几个孩子作为班干部，需要严于律己、宽以待人，需要"宰相肚里能撑船"；遇到麻烦，需要有"想尽一切办法解决问题"的思维。我又反问他们：班里问题层出不穷，班干部真的都竭尽全力去解决了吗？

我讲了一个集体里团结和信任的重要，讲了俄罗斯和乌克兰的前世今生，讲了莫斯科不相信眼泪……

"你看，这不就是今晚这件事带给我们的教训和启发吗？可比课文精彩多了！"孩子们恍然大悟，终于明白了我说的积极心态指什么了，一个个心领神会，脸上浮现出了笑容。

一节课就这么过去了。

4

第二节晚自习，祥润和荣鑫一起请来的李校长进门那一刻，教室里掌声雷动。有的孩子因为激动和感慨，眼里有泪光闪烁……

主持人开场词过后，在大家热烈持久的掌声里，李校长走上讲台，先问了一个问题："如果你特别喜欢、尊敬自己的老师，会怎么称呼他？"

孩子们立马看向我，说："叫高老师。"

再耀说："特别熟了，叫老高！"此话一出，全班爆笑。李校长开玩笑说："这样把高老师叫老喽！"

荣鑫说："再熟些，叫颖姐。"哈哈！我心想，你好意思叫，我不好意思答应啊！李校长笑着说："那好像也不妥。"

陶然说："老师很像妈妈，可以叫妈妈。"李校长一下子被触动了，黯然道："我被你感动了，因为，我没有妈妈了……"

他让孩子们停止回答，说："我会称呼——"他转身在黑板上写了两个字：恩师。

于是，李校长师生三代的故事就围绕这两个字开始了。他讲了与相识几十年的两位恩师点点滴滴的交往，老师对自己的关怀与鼓励，以及永远铭记于心的教诲。

他讲了后来自己成为一名教师后，教出一批又一批的学生，在几十年漫长的教育生涯中，有许许多多特别细小的情节，至今让人觉得温暖，难以忘怀。

孩子们听得格外认真，腰板挺得直直的，神情专注，目光里满是崇拜。直到李校长宣布故事结束，孩子们才回过神来，热烈鼓掌。

最后，祥润、荣鑫和李校长合影留念，就在"恩师"两个字的前面。

我想，这一番跌宕起伏的经历，对于两个孩子来说，得是多么宝贵的财富；今晚这一课，对于他们，又是多么非同寻常。关于"恩师"，他们也该有了更深刻的理解吧。

彩蛋

晚上放学送路队，小哲告诉我，第一节课后面的课间，班长荣鑫给梦涵道歉，叫着全体班干部开了个会，主要汇总班里纪律、卫生、学习方面的问题，后期，他们会重点解决，各个击破。

这是我没有想到的。

班干部们围绕班级管理自发组织召开会议，这是第一次——老师的话语直接转变成了行动力。

这算是一个意外的彩蛋了。

四月：孩子，我们有个难题

在岁月里，相信每一颗种子都有春天，相信每一朵小花都有花期。作为老师，作为家长，不能坐待花开，而要以最大的耐心和智慧，去引导、去灌溉……

相爱相杀这一周

缘起周末

上周开始的网课才持续两天，周末家长群里就炸了。

一个个家长在吐槽：受不了了，再不开学就崩溃了！该怎么收服这一个个脱缰的野马？

我心想，这可不行，找几个班干部商量解决问题吧！

于是找来班长刘荣鑫：建群，把班干部拉群里。

荣鑫给力，钉钉群很快建好，我发起视频会议，直奔主题："家长们在吐槽孩子，说说吧，我们怎么解决问题？"

李俊伟在屏幕那边狡黠地笑道："找我们制造问题可以，解决问题够呛。"我竟然被这小东西气笑了。

"那不行，今晚找你们，就是解决问题的，必须想出办法。"

一个小时的会议，商量出一个对策：分小组，组长负责制。

这个可以有。

于是我晚上加班分组，随机分配，只照顾男女生比例。

分好后，我把组员名单发到群里——动真格的了。

晚上和陶然妈妈聊天，她说挺好，说一旦孩子们学会自律，有了多余的精力就可以继续网上"百家讲坛"了。我们俩兴冲冲聊到很晚，都感觉一条光明大道眼看就铺好了。

呵，对于孩子，我们可能都低估了他们的"破坏力"，高估了他们的执行力。

小组长上任啦！

周一班会，我宣布昨晚班干部群里的决定：分组，建群，积分制。

很多孩子不太明白是怎么一回事，于是班会后我发布了自我管理清单，打印出来让孩子们开启自我管理。说不清的东西，就在实践中教会他们吧！

晚上小组长开始分头行动。

不会建群？同伴教。不知怎么操作群？相互借鉴。分享交流学习，你们总会有办法的，别问老师，我非常忙。

很快七个群都建好了，组长给组员开会，哇啦哇啦讲了一堆规则。

班级群里呢，一时间全面开花，除了练字打卡，我还设置了名著阅读、家务打卡。班级圈呢，一系列话题设置出来，于是秀手工的、秀乐高的，五花八门，人人都想露一手。

上任第一天，刘荣鑫就准备好去整治组员中的钉子户了，不写作业太难缠怎么办？钉钉上发信息，要不就打电话催，直到晚上 10 点，刘荣鑫才忙活完组里的工作，给我发信息：眼睛都熬红了，但是我骄傲，我终于发挥组长的作用啦！

我打心底里喜欢这个傲娇的组长呀！

今日份惊喜：学校要一个学生谈居家上课感想的视频，我把任务交给了妍儿，没想到独自在家的妍儿，很快就根据要求录制了视频，效果还挺好，惊喜！

今日份感动：批到贾宝贵的周记，他说外面杏花开了，他想老师和同学了。提交的作业图片里，周记本上放了一枝娇艳的杏花。我心动到无以复加，这份拥有淡粉色杏花的周记，写得真好，感动！

大家都辛苦呀

周二，是和妍儿斗智斗勇的一天，作业不完成，微信、电话、钉钉，都找不到她。好不容易逮着了，她啥都答应着，过一两个小时再看看，她的作业依然没有提交。

我终于又一次打通了电话，气不打一处来，狠狠批评一顿，她答应说去写作业了。

我给妍儿妈妈发信息：妍儿再不完成作业，给送我家里来！

没想到妍儿妈妈开心得不得了：太好了，以后每天早晨我都给送去，天天在家看她气人受不了了。

她半小时后给我发信息，准备要送来。我顿时哭笑不得，慌忙说是一时气话呀，还真给我送来？

家长群里，这个事要是吐槽起来，那可是有话说了，谁不是一肚子苦水？

　　再看钉钉，组长群里七个娃的吐槽更是让我啼笑皆非：组长们辛苦又心累，找不到组员的，组员不看信息的，或者看了也不回复的，比比皆是，催作业催到吐，组员就是不干，气得要崩溃。

　　我安慰他们：相信很快就会好的，别灰心、别泄气哈。

　　也不是没有好消息，李俊伟小组就给了大家一个惊喜：吕念想通过视频给小组同学展示自己的烘焙过程，大家对着屏幕一个劲流口水呀。真是不错，得一个大大的赞！

比较欣慰的一天

　　周三是个好日子，孩子们都比较听话，妍儿也进步了，竟然完成了所有的作业。

　　巧得很，今天天宫课堂第二课下午开播，怎么能错过这个好机会？刘荣鑫早早给我分享了链接，于是下午3：40，我和所有孩子准时守候在屏幕前，一个小时的课看下来，孩子们忍不住在评论区感慨点赞，为祖国的航天事业感到骄傲，对宇宙太空充满了憧憬。这可是真正的空中课堂，相信这一课，会长久留存在孩子们的记忆中。

　　组长群还是非常热闹，大家除了调皮吐槽，还有艰巨的任务要完成——每天收集组员清单数据。每个同学都有自己不同的方法，于是群里就一日清单各种统计收集法展开了交流。我默默看着这一群孩子认真讨论的模样，特别欣慰，特别感动。

　　开个组长视频会议吧，一起讨论一下。这一开会，可是打开了组长的话匣子，如何奖励，如何惩罚，聊了很久，每个孩子都兴致勃勃。

清单革命有多难

周四上午，所有孩子全部上课，终于把不参加上课的人数清零。

晚上的作业依然有问题，陶然、妍儿、靖轩，就是不能完成全部作业，妥妥的钉子户。

我尽量不动气，挨个联系，发钉钉语音，打微信语音，打手机电话，都说得很好听，就是完不成，我能怎样？

真实感慨：我想要的清单革命，太难了，想抓住一个要放飞自我的孩子，得打持久战啊！

"周五周五，敲锣打鼓"

我的电脑屏保冷不丁出来一张搞笑的图片，配文：周五周五，敲锣打鼓！

我很想笑，它怎么知道我周五的心情？

哎呀，这一周的网课，心累心塞心凉凉，眼看我上学期耗费心力培养的习惯就要泡汤。

下午班会，总结了一周以来的各种情况，表扬如下：

> 基本都能按时上课，有事会提前请假。
>
> 语数英作业基本都能及时提交。
>
> 体温填表和练字打卡逐步养成习惯。
>
> 晨读和练字能打开摄像头，认真上课。
>
> 小组长很负责，建群督促汇报井井有条。
>
> 上课时基本能够认真听讲，不乱发评论。

多数同学上课时服装整齐，坐姿规范。

五篇作文发表，每个人都是潜力股。

同时也强调很多事情：

1. 学习桌上要有打印或制作的两表一单：课程表、时间表、自我管理清单。看点上课，不许迟到。

2. 自我管理清单每周一张，每天 6 点前完成所有作业和打卡，填好清单，7 点前上报组长。

3. 直播课听课效率不高：吃东西，玩玩具，乱走动。

4. 语数英作业还可以，科学作业有少数人不提交，音体美作业三分之一不提交！下周消灭作业"钉子户"。

5. 读书、做家务每天必须打卡，班级圈作品质量要高。

6. 除去听课、交作业、组里活动时间，上网不超过半小时。

7. 晨读和练字准备好相关学习用品，自觉打开摄像头。

然后，我把清单呈现出来，以俞陶然的为例，讲解了清单的填写方式。

班会结束，到晚上收作业的时候了，我想好了，今晚，班主任让妍儿来做，体验一把吧！

我把未提交作业的名单截图给妍儿，就说了一句话：打钉钉电话吧！

妍儿痛快答应了，一个小时后，她告诉我："老师，好难啊，很多联系不上！"没关系，我又把全班同学家长的联系方式发给她，说：

"打。"

那一晚，妍儿应该很头疼吧，但是她完成了任务。

五天结束，算是打了一场还算漂亮的硬仗！

风，不能把阳光打败

喜欢毕淑敏的文章《风，不能把阳光打败》，因为她讲到了一个看待万事万物的角度问题、心态问题：今天阳光很好，但是有风；今天有风，但是阳光很好；今天阳光很好，同时有风。不同说法，你细品。

为什么突然提起这篇文章呢？是因为连续几周的网课生活，面对孩子们的个别或者普遍问题，我有点心浮气躁，也有点压不住火气。

提醒、叮嘱、批评、惩罚，几次三番后，深感自己的心态都有了问题：每天紧盯的，都是那几个出现问题的孩子；每天关注的，都是那些没有完成的数据。整个人都不好了。

意识到这一点，就该及时纠偏了：为什么我只看到了大风，却忽略了阳光？

既然是个问题，那就整改。暂且不管风了，还是来感受班级的灿烂阳光吧！

最好的礼物

可馨妈妈发给我她的周记，洋洋洒洒三大页，记叙了自己作为"位高权重"的一家之主，主持召开家庭会议，协商全家人的生活学习制度，从中可以看到，一个有爱有心的妈妈是如何"化解"网课带来的各种弊端、陪伴孩子适应眼下的学习方式的。可馨的自律、乖巧，跟这位睿智的妈妈是分不开的。

周记里，可馨妈妈还说到一个词"感恩"，我也很受触动。

当我们抱怨孩子居家各种难以管理的时候，其实换个角度想想，我们真的生活在最好的时代：疫情之下，孩子在家里依然可以上课，我们都安好健康。

昱晓妈妈做了个美篇，把孩子们上网课的生活细细道来，三个娃都上小学，语数英科音体美信，各种作业、各种打卡，哪一个都不能落下，想想，也是头大。但昱晓妈妈把孩子们的学习安排得井井有条，让人不得不佩服，推动世界的手果真就是妈妈的手。

梦涵妈妈一直陪伴女儿写周记，只因在孩子面前有过一句承诺。梦涵的周记写得板板正正、有模有样，估计也是和妈妈的榜样作用分不开的。

荣鑫妈妈一直都是儿子最好的朋友，上周母子联手带来的直播分享让很多孩子羡慕不已。她对儿子，在平等中引导，在娱乐中教育，在互动中提升，这是多么和谐有趣的家庭教育方式！

还有凯文妈妈、佳萱妈妈、宝贵爸爸、记旭爸爸、子钦妈妈、再耀妈妈、明玉妈妈、陶然妈妈、秋宇妈妈等等家长们，孩子的问题都是及时和老师交流，老师的问询都是第一时间反馈，在教育孩子的路上，一直都在线，从来不失联。

对孩子真正的富养，绝不是物质的满足，而是精神的滋养。在孩子长长人生的起始阶段，这些用心的家长，给孩子这样的陪伴、关心，大概是送给孩子的最好礼物吧。

都是潜力股

晨读检查背诵，陶然有点卡，我说，课后给我发背诵视频吧。陶然后来发了过来，背诵很熟练，声音也很清晰悦耳，我夸奖了她。

接着，陶然发过来她修改好的周记和创作的诗歌，我忍不住再次称赞：你是小作家啊！

隔着屏幕，我也能感受到陶然的开心。我接着说，作家需要写作。

她答应着。

我在祥润主动挑大梁做组长的钉钉群里挨个表扬了一番，尽管这几个孩子一开始困难重重，但是都在进步，肉眼可见。

周五班会，让小组长们各自来总结，每一个都说得头头是道：先表扬各自组表现好的同学，再点评出现的问题，提出整改意见。

大家一致表扬了张浩民，因为意外受伤，他胳膊打着石膏绷带，每天要往返医院打针治疗，但依然没有缺课缺作业，这得是多大的毅力才能做到的！

班会最后我总结时，对一些孩子说，老师最近批评你们有点凶，但你们要记住，批评并不是不喜欢你们了，只是老师不喜欢你们身上存在的一些缺点，改正了这些，你们依然是老师喜欢的好孩子。

仔细想想这些孩子，日常打卡都能完成，不随便缺课，没有连续不完成作业，年级作业几乎每一次都是我们班提交得最多。尽管有几个出现问题，但也都在慢慢修正的路上，更多的孩子在默默对抗着网课的弊端，尽力让自己去学好知识，尽力以并不强大的自制力去抵御网络游戏的诱惑和居家学习的慵懒。

都是好孩子，都是潜力股。

风有点大，但是阳光很灿烂。

孩子，我们有个难题

一个月了，在家里上网课的熊孩子自得其乐，但是陪学的家长快熬不住了。

跑到老师这里投诉孩子的家长，所反映的无非都是一个问题：自律。

尽管我设置了居家自我管理清单，尽管小组长们每天尽职尽责地在晚上 7 点前"问候"他们的组员，依然还是有一些孩子神游在屏幕对面的云端，在老师目不能及的地方，心无所栖地流浪。

如何唤醒这些学习处于休眠状态的孩子？这大概是网课留给老师和家长最大的难题。

嗨！牛朋

上海的疫情迟迟不见好转，上海居民生活难的各种视频在流传，不知在上海的学生牛朋情况如何，我赶紧发信息问问。得知他公司发放了很多物资，目前生活无忧，我才放下心来。

然后我们就聊了起来，我突发奇想发出邀请：不如你来给我们班孩子开个讲座吧，就讲一讲你一路拼搏成长的故事。

牛朋很爽快地答应了，说需要做个 PPT 梳理一下，然后去理个发——居家太久，头发太长了。

当我在家长群发布了这个消息，又把我多年前为牛朋写的一篇文章转了过来，家长们首先激动起来了，甚至比孩子们还期待：这个牛朋，是怎样一个神一般的存在？

周二晚上 7 点，班级所有孩子和家长静静地守候在屏幕前，第二期"百家讲坛"如约而至。

主持人刘佳萱小朋友致欢迎词后，牛朋开始和我们分享他的成长历程，从求学，到求职；从农村，到城市；从青涩，到成熟。

我当然知道牛朋的故事，去年上海之行，牛朋约了我，带我从人民广场一路走遍了上海外滩的知名景点，我们聊了很多很多。这个当年在班里默默无闻的男孩子，在 17 岁便经历了半年内失去双亲的巨大不幸，但他凭着一股常人难以想象的坚毅，从县城高中，一步步迈进了复旦大学的大门，最后，更是凭着过硬的专业本领，很快在上海平安集团崭露头角。

人生一把烂牌，硬是被牛朋打出了王炸。每一次想到他，我都万分感慨：这样的人，大概再没有什么困难能打倒他了。牛朋这一路成长的密码是什么呢？

整个晚上，牛朋一直微笑着讲他的故事，说是讲座，其实更像是聊天，娓娓道来，入耳入心。他反复讲到一个关键词——自律。他真是把自律执行彻底的人，小到每一天、每一个学习时段的任务，大到人生的阶段目标、具体规划，他都严格地执行下去，不给自己留丝毫偷懒的余地。

我听得格外认真，也格外动容。他让我明白，真正自律的人有多可怕——几乎可以征服一切拦路的困难。

牛朋讲完，是孩子们和他的互动时间，我就知道班里那些爱思考的孩子会有数不清的问题，大家争先恐后地提问，不知不觉接近晚上10 点了，最后我不得不出手叫停，"百家讲坛"完美落幕。

这边刚一结束，家长群里大家纷纷发表感言，我开玩笑道："不知道娃们能听进几分，但家长们绝对听得认真！"我把感言截图给牛朋看，告诉他，他永远都是老师的骄傲。

后来，我让孩子们把听讲感受写了下来，从一篇篇虽幼稚但真诚的文章里，我能看到，一颗叫作自律的种子，已经被种下，它会在孩子们的心里生根发芽。

妈妈们的"一时兴起"

那天，沫然妈妈，也是我们亲爱的丁静静老师，发来她的第二篇周记。

我把它转发到班级群，附言：沫然妈妈的周记所分享的这个普通的故事，其实并不简单，写了一个妈妈的教育理念在现实中摇摆，孩子的美好愿望在贪玩和惰性中浮沉，但最终，妈妈沉下心来反思自己，孩子冷静之后选择努力——平淡生活，一点也不平凡呢。

静静老师道：真是惭愧，下定决心，从自己做起，不做懒惰妈妈。

我说：言传不如身教，与其吼着让孩子坚持做好每件事，不如自己做出样子来给孩子看。

没想到接着引来很多家长围观，纷纷吐槽在家和娃交手的悲喜历程，都想知道优秀学生的家长是如何搞定孩子的。梦涵妈妈随口说了句：要不就建个群，喜欢写周记的家长一起分享？

好啊，心动不如行动，这可是你们说的，不是我强迫的哈！

一分钟后，我甩过来一个二维码，群名就叫"一起写周记吧～"。家长们见我这速度，知道"上当了"，没办法，总不能反悔吧？哈，一会儿工夫，十几个妈妈进群了。

别的不说，这个群真的很解压，每当有家长把周记发上来，总引来妈妈们的共鸣，很多问题是共性的，有好的方法就一起分享，或者吐槽一下让人血压上升的熊孩子，大家在说说笑笑中消解一下烦恼，然后继续回去和娃斗智斗勇。

真的需要给妈妈们的努力点赞，她们要么是家庭事业一肩挑，要么是每天围着一群孩子转，同时有两个甚至三个娃都要上网课的家庭不在少数，想把不同年级、不同学习程度的孩子都管教得井然有序，背后得付出多少辛苦和劳累！然而她们，依然选择了在鸡飞狗跳的网课之余，记录下来陪伴孩子成长的点点滴滴，这又是一份怎样深沉的爱的表达？

在岁月里，相信每一颗种子都有春天，相信每一朵小花都有花期。作为老师，作为家长，不能仅仅静待花开，还要以最大的耐心和智慧，去引导、去灌溉……

就是这样，面对教育孩子的难题，我和家长们一路打怪升级，共同努力。

五月：被世界温柔以待

一个被看见的孩子，是披着光的。他被世界温柔以待，也会回馈给世界更多的温暖和爱。

被上帝咬过的苹果

每个人或多或少都有缺憾，我们都是被上帝咬过的苹果。如果上帝对你下口有点狠，那一定是因为，你特别甜。

——题记

按照惯例，每个孩子的课前三分钟演讲，都要提前给我预演一遍：一是审查演讲内容，二是指导演讲技巧。

当小萱把她的稿子给我看的时候，我吃了一惊。因为，她讲述了自己的故事，关于她的左手。

小萱的左手，是我一直不敢触碰的话题。

去年刚接这个班不久，在一节语文课上，孩子们做练习，我在教室里巡视检查，给请教问题的孩子讲解。

教室里安静而美好。

当我经过小萱身边时，不经意的一瞥让我愣住了：这个恬静的小姑娘，她的左手只有两个手指。

　　我停驻的脚步可能让小萱觉察到了什么，她悄悄把左胳膊向胸前挪了一下，手腕向下一别，藏起了她的左手，而同时右手一刻不停地做着题。

　　一切动作是那么自然，她脸上甚至毫无波澜。

　　看着眼前眉清目秀的小萱，我的心突然疼了一下，一时间不知道该怎么呵护这个女孩子，过去不可知，但是现在，还有将来，我能为她做些什么？

　　我不动声色地走开了，继续给一些孩子讲题，但是脑海里都是刚刚的画面，还有一些隐隐的心疼和担忧。

　　后来，我决定什么都不做，先观察一段时间再说。

　　我发现，小萱没有我想象中那么敏感和脆弱，她和所有孩子一样，上课爱回答问题，下课爱说笑聊天。她积极申请做了科学课代表，每节课前跑办公室抱作业，下课后收试卷、收练习，周末布置作业，工作尽职尽责、一丝不苟。

　　我发现，孩子们也不像我担心的那样没心没肺，一起生活了三年多的同学，更像是相亲相爱的一家人，大家有打闹、有争吵，但没有恶意嘲讽和伤害。

　　我忽然释怀了，也许最好的关心，就是一视同仁；最大的偏爱，就是平等对待。

　　后来，小萱妈妈因事给我打电话，我们第一次聊到了孩子的问题。对孩子的愧疚、牵挂、担忧，以及不知如何保护孩子的无助，让她几度哽咽。我能理解，做母亲的这一颗心啊，横竖都安放不下。

　　"孩子不像我们以为的那样那么需要保护，她会成长为让人吃惊的样子。"我宽慰她道。

　　再后来，我和班里孩子们一样，几乎快忘记了小萱的左手，偶尔看到，心里也不会再起任何波澜。这世间参差百态，确实各有各的可爱，有什么好奇怪的？

　　如今，小萱要讲她左手的故事，我吃惊之余，甚是欣喜。

　　虽然我们都对小萱的左手见怪不怪，包括她自己在内，谁也不会去谈这个话题，但这里面，还隐含着担忧啊！——不敢触碰，怕一不小心伤害到小萱。

　　我看着小萱的眼睛，说："知道吗？你是一个被上帝咬过一口的苹果呢！"

　　"啊？老师你在说什么？"小萱一脸诧异。

　　"这里面有个故事，我讲给你听。"

　　我不再卖关子，伸手示意她靠近我，于是小萱就听到了一个关于上帝咬苹果的故事。

　　讲完了，我看着小萱，她的小眼睛里透着一层别样的亮。我心想：飞扬吧，小姑娘！

　　那小萱会讲什么呢？

　　那是一个周三的早晨，刚刚被孩子们打扫过的教室格外整洁，课前三分钟铃声过后，小萱在大家的掌声中走上讲台。

　　"大家好！今天，我来讲一个我自己的故事，关于我的左手……"

　　小萱的演讲开始了，只说了这么几句，台下的孩子们仿佛接到了谁的命令，不约而同地坐直了身子，原本些微嘈杂的教室里顿时安静了许多，这绝对是开展三分钟演讲活动以来所有孩子听得最专注的一次。

　　小萱讲了自己失去左手三个手指的不幸经历，讲到了父母亲人为此痛不欲生，讲到了自己的心路历程……

小萱讲得动情，孩子们无不为之动容，不少孩子被感动得热泪盈眶。

在热烈而持久的掌声里，小萱走下讲台，一脸云淡风轻。

我相信这一刻，会在小萱长长的人生里，熠熠生辉。

当然，这仅仅是小萱迈出的第一步，见解也还很肤浅。但是，这是一个宣言。它意味着这个孩子冲破了某种心理桎梏，对命运、对自己有了更多的主动权，从而就有了更大的自由空间。

后来呢，孩子们把小萱的故事写进了周记；小萱把上帝咬苹果的故事写进了周记；我，把所有的故事写在了这里。

是啊，若被上帝狠狠咬了一口，那么，这个苹果一定特别特别甜。

被世界温柔以待

理解万岁

比疫情更可怕的是疫情心态，果真如此。

复学回来，班里几个孩子，尤其是几个男孩子，出现了不同程度的问题：想家，学习兴趣不高，注意力不集中，等等。

有家长悄悄告诉我，周一返校的时候，孩子哭着不想来学校。

班会课，我准备讲讲这个问题，算是集体疗愈。

简单列举了一些同学的表现后，我在黑板上写了一个问题：为什么会哭？

大家七嘴八舌，开始自由发言：

"在家上了五十天课，是非常自由散漫的，有时候还偷偷玩游戏、刷视频，现在一下子规规矩矩地上学，不适应了。"真相了！

"在家上课，一家人天天在一起，这对于上寄宿班的我们是很难得的，因为平常爸妈都忙，那段时间全家在一起感觉特别幸福，所以一开学住校受不了了。"这话有道理。

"在家那么多天，很多作业需要家长帮忙拍摄、上传什么的，就像是家长和我们一起完成作业，很轻松，现在回来，所有的任务都得自己面对，有压力了。"这个方面我还真没想到。

"其实我们在家里学得都不好，一回来就要面临摸底考，如果考不好，老师和家长就都知道我们没学好，紧张呗！"一说完，很多同学点头赞同，看来都是如此啊！

"还有，寒暑假虽然也是在家里，但是开学回来我们没有什么问题，是因为放假的时候就知道了开学日期，我们心里有数。而这段时间，我们不知道什么时候开学，一连几十天。后来突然通知说开学，我们一点心理准备都没有。"

"……"

谁说孩子小不懂事？看他们自己的分析，是不是头头是道？

我把大家的发言内容简要地写在黑板上，然后一起分析。所有这些原因里面，只有一条是难舍家人的陪伴，其他的，都来自对学习的焦虑和逃避，不想努力，害怕面对。

孩子们沉默了，仿佛被点中了一般，每个人都在静静地思考。

"所以呢，当我们看见内心的真实念头，就明白了自己为什么会有那样的表现，想家啦，不想上学啦，偷偷哭啦，这些情绪都是正常的，没有什么大不了。你可以告诉自己，勇敢点，面对它！"

班会结束，看到一些孩子如释重负的脸，我的精神稍微有些放松了。

晚自习，还是单独把几个孩子轮番叫出去，让他们聊聊心里话，看得出，大家情绪都已经好多了。

不同的孩子有不同的苦恼，在大人看来不值得一提的事情，却是小孩心头难除的刺，扎得他们坐卧不宁。直到这些苦恼被大人们真正地看见，温柔地理解，他们脸上方才有笑容。

理解万岁，谁曾经还不是个孩子？

被世界温柔以待

下了晚自习，送孩子们回宿舍，路灯下，有个丫头说，老师，我想抱抱你。好的呀，老师也给你一个爱的抱抱。

此后，很多孩子变得很"黏人"，送路队结束，我转头走不了几步，一定有女孩子追回来，抱她一下才肯回宿舍。

在餐厅吃饭，总有孩子吃得特别快，我这里吃不了一半，他们就已经吃完走到我身边，和我有说不完的话。我问，让老师吃完再说好不？他们瞬间闭嘴，我一口饭没咽下去，他们又忍不住说开了……

不仅如此，如果下节课是我的课，有好几个孩子，一下课就会到办公室"请"我。有时候我刚听完课回来，还没坐下喝口水就要被拽去教室，我抗议："能不能让我歇会儿？"他们便不吱声，站在一旁瞅着我，意思是：你歇吧，我们等着！

我简直无语："好吧，去教室。"于是一路簇拥而行，浩浩荡荡。

孩子们好像都特别需要被倾听，被关注，被呵护，被拥抱……被爱。

作为老师，每天的工作很琐碎，努力地想教好所有孩子，其实有时候那是一厢情愿，于是感觉整个人被掏空，心累。

那天有点小郁闷，经过初中楼时，恰巧遇到从餐厅回来的一群中学生，一个男孩子突然跑过来一下抱住我："高老师！"吓我一跳，原来是廖俭峰，当年的小不点竟然高出我半头了。和他同行的几个男孩子都笑起来，我那时那刻的沉郁瞬间被这几个阳光男孩治愈了。

教他三年，我曾经在他哭泣的时候温柔地关心、拥抱过他，所以见到我的时候，他那么亲切、那么热情，又那么自然地给我以拥抱。

一个被看见的孩子，是披着光的。他被世界温柔以待，也会回馈给世界更多的温暖和爱。

愿我们，都被世界温柔以待。

有个娃，想妈妈

缘起

小宇这两周颇让人头大。

复学回来，他整个状态都变了：想妈妈，哭泣，无法专心上课。

原本帅气的小伙子，经常红着眼圈无精打采，每天都会缠着我：老师，我想给妈妈打电话；老师，让我妈妈来看看我吧；老师，你就答应我吧，求求你了……

最初我是很理解他的，毕竟在放假前一个月，他才转到我们班，不习惯很正常；看着他每天想念妈妈流泪伤心，吃不下睡不好，我真担心他的身心健康受影响。

我也不是没有动之以情、晓之以理：你看，和你一起转学来的嘉琪同学，人家都不哭不闹，你作为一个男子汉，可不能这样啊；你妈妈工作那么忙，还有个小弟弟需要照顾，你这样子，妈妈得多担心呢？有这么多同学陪伴学习玩耍，比起居家上课的无聊，还是学校更热闹些吧……我哇啦哇啦一大堆，小宇默默听着，我以为他听心里了，结果最后眼含热泪来一句：老师，你就让我妈妈来看我吧……

半小时心理疏导瞬间破功，我哭笑不得。

见一面吧

经不住他的苦苦哀求，我允许他趁着一个午休时间出去和妈妈见面。妈妈带他吃了点东西，好好聊了聊，但回来后，并没有看到他情绪好转。

这不，他又缠着我给他妈妈打电话。他妈妈尽量心平气和地开导他，可他却一直在诉说自己的各种不舒服——想妈妈，睡不着，吃不下，至于妈妈说了什么，他似乎啥都没有听进去。

我看着眼前这个愁肠百结的男孩子，心里想，我和他妈妈总是担心他、哄着他，可是一点效果没有，是不是该换个方式，对他"狠"一些？

于是，在小宇挂了电话后，我告诉他，从今天开始我不会再借给他手机给妈妈打电话，也不允许妈妈来看他。

他几乎要哭出来："为什么啊？"

"不为什么，就这样。"

他追着我恳求道："老师，我求求你了……"

我转过身，看着小宇同学的眼睛，非常坚定地告诉他："求我也没用，除非你做出改变。"

"可是我想妈妈怎么办？"

"好办，你想妈妈的时候可以写下来，我拍照发给你妈妈，我相信她有空的时候会给你回信的。这样，你就不会太耽误妈妈上班，还能尽情表达你的想念。"

他听了，一时间似乎也找不到反驳我的理由，只得悻悻地点头答应，回教室了。

写给妈妈的情书

下午，我们在楼道遇见，小宇快步走向我："老师，我给妈妈写信了。"他边说边递给我一个日记本，翻开的页面上写得满满的。内容无非是想妈妈，希望妈妈每天都给他发语音、写信，甚至连语音和信的内容都交代得很清楚。

我拍完照说："写得很好，表达到位。写出来心里好受点了吧？"

他点点头，默默离开了。

妈妈很快回信，也是写了满满一张纸，一一回复了小宇的问题，最后的署名是：每天都爱你的妈妈。

妈妈这封信写得很暖心，对于自感缺乏母爱的孩子，单看署名就应该备感温暖和安全了吧。

我打印出来，送给小宇。他嘴角微微一扬，但很快就没了笑意，木然转身，走了。

晚自习前，小宇又来办公室找我，递给我一封写了两行半的信，交代妈妈别发语音了，因为"老师今晚回家了"，但是明天不要忘了发。

等我拍完，他慢吞吞地离开了，脸上依旧没有表情。这心事重重的孩子呀，怎么所有的关爱和温暖，到你那里就化为乌有、不起半点波澜呢？

晚上临睡前，我去宿舍看他，一进门，发现他和同学正说笑聊天，情绪很好啊。见到我，他有些意外："老师，你不是回家了吗？"

我说："是啊，我不是心里挂念你这个小朋友吗？我最近天天做梦，梦见有个小朋友不好好睡觉。今天晚上你能好好睡觉，让我安安稳稳不再做梦吗？"

他不好意思地笑了，说："老师，你吃蛋糕吗？"

"当然啦，我最喜欢吃蛋糕，尤其是你送的！"

他马上递给我一个达利园蛋糕，一脸开心的样子，和在教室里那个无精打采的他判若两人。

我录了视频发给小宇妈妈，她也很开心，那天晚上她大概终于可以安稳地睡个好觉了。

接下来的小宇会怎么样呢？

第二天一早，小宇又写了一封信，五行，内容和昨天的差不多。

我告诉他，以后要写满一页纸我才给拍。

他不情愿地啊了一声，回教室了。十几分钟后，重新拿来那个日记本，刚刚那一篇下面空了三行后，又写了六行字，开头第一句话就是："妈妈，我实在没有什么话可说了。但还是想你。"

我心里有些想笑，小样儿，看你还诳人不？

小宇妈妈回了满满一页纸的信，署名还是"每天都爱你的妈妈"。

我打印出来给小宇。他开心了一下下，又恢复了落寞的神情，拿着信慢吞吞回教室了。

午休回来，小宇递给我他写的信，看样子是没睡觉偷偷写的，这次提了一个问题：睡不好怎么办？

妈妈很快回信，但似乎没正面回答他的问题，他更不开心了。

晚上，小宇妈妈又抽空补了一封信，专门回答了他关于睡觉的问题。

那天我回家了，我把信转给上晚自习的文欢老师，让她给小宇看看。不知这娃娃看后如何反应？晚上可能睡好？

周四，小宇写了一封信，让我拍给妈妈。我看到他写到了连连做梦。从他那黯淡无光的眼神看得出，他最近确实休息得不好。

妈妈很快回信，回复了关于做梦的问题。他依然只在收到信的瞬间眼里闪过一丝光亮，接着就黯淡下去。

一整天，他还是闷闷不乐的样子。

看得出，写信也好，收信也罢，对他都没有什么真正的触动，妈妈写了什么不重要，重要的是妈妈在写。他要的似乎是一个证明，证明只要他需要，妈妈会一直有回应，一直在身边。

被狠心拒绝的孩子

晚自习，小宇说肚子疼，很疼，需要回家。我有一丝怀疑他又在作妖，但是也不敢大意，还是给他妈妈打了电话。我们想法一致，带他去医院检查，再送回来。

晚上接近 10 点，小宇妈妈把他送了回来。她给我留言，说小宇没什么大事，哭着进的学校。这一次，妈妈受不了了："要崩溃了！"

我安慰道："总会好起来的，他不会总是这个样子。"

我坚信。

周末时间，小宇爸妈尽量陪伴他，我看到他周记里写了一家人周末的各种活动安排，看得出他确实很开心。

据小宇妈妈反馈，周末时间小宇并不会黏着她，有空就看电视、玩手机，挺开心，一切正常。

到了周一中午，小宇写了一页纸，依然表达着他的各种焦虑难安。

小宇妈妈告诉我，给他的回信写了一半就不想写了，感觉他没完没了。

我说那就不写，看看他有啥表现。

当我告诉小宇他妈妈不会再写回信的时候，他眼泪汪汪，求我让妈妈写信，我没答应。

然后他那天下午来我办公室好多趟，我说妈妈不写我也没辙。他实在没办法，最后说："老师，你晚上能来宿舍看我吗？"我本来要回家的，但我答应了他。他得到答复，稍有安慰，就回去了。

晚上我去看他，他正在宿舍和同学说笑。

我告诉小宇妈妈，其实每次来宿舍看小宇，他都没有像信里写的那样不开心，他和同学们一起玩得挺好，我们大可先放心。

第二天中午，小宇写了一封短信，半页纸，埋怨妈妈："你不给我回信，还让我写这么多信。"

妈妈依旧没有回信。他似乎开始妥协，不再来缠着我要妈妈回信了。

小宇又回来了

然后呢，我不再过于关注他，他竟一点点改变了，课堂上开始回答问题，脸上有了笑容。

　　周四吃过晚饭，我带着孩子们去操场玩，注意到小宇和一群男孩子奔跑玩耍，已经没有了前几天的郁郁寡欢。

　　我和记旭打羽毛球，他在一旁围观加油，还调皮地拦住被我们吸引过来的同学，笑问："你出示健康码了吗?"同学们也都非常配合地和他玩这个游戏，乐此不疲。

　　再后来，这小伙完全走出了之前的阴影，融入了寄宿生活，我心里的石头终于慢慢放下了。

　　回头去看整整两周和小宇斗智斗勇的经历，感慨有二：

　　在孩子面临心里难以逾越的门槛的时候，亲情的陪伴守候，老师和同学的理解关爱，都是孩子那时那刻的必需品，给他力量，给他温暖。

　　面对孩子情感上没完没了的索求，心理上无休无止的依赖，适当的拒绝和"冷漠"，也是他成长蜕变的助推器。

　　对孩子，有时候，要菩萨心肠，还要霹雳手段!

六月：爆发吧，小宇宙

活泼会想的孩子们知道怎样从"无"中看出"有"，从"虚"中看出"实"，比任何他们看到的都更真切，更阔达，更复杂，更确实！

对话陶然妈妈

走过的弯路，是多么痛的领悟

陶然是作业困难户，严重拖延，但无论拖到多晚，她都会完成。小学四年，因为作业，她和妈妈轮番交战。

以下是我不久前和陶然妈妈的一次聊天内容，记录下来，是因为这不是一般意义上的聊天，更像是一场关于教育孩子的反思与对话，问题具有代表性，用心读的家长，必定有所触动，甚至因此而改变行为。

陶然妈妈：陶然昨晚写完作业才睡的，早晨和我说就是控制不住自己。她说一定想办法控制自己，昨晚一个小时写完了数学作业，平时一天也写不了那么多。陶然这次有点醒悟，我很欣慰。昨天快速做题，题目大部分都会，这说明基本功还是可以的。

　　我感觉她的态度已经往好的方向转变，昨天我和她说，妈妈知道你是好孩子，我们要一起和懒惰、拖拉做斗争。我能感受到她想转变的决心。

　　高老师：今天开班会时我也是和学生说，我不想批评和惩罚任何一个，我知道你们都是好孩子。

　　陶然妈妈：孩子是善良的，那天陶然说旁边那个同学吃饭时说话，她总怀疑唾沫溅她碗里了，不怎么敢吃饭。我说，你可以和高老师反映下。她说，你知道我们老师多忙多累吗，不能给她添麻烦了。你爱她们，她们能感受到，爱你甚至比爱妈妈还要多一点。

　　高老师：孩子的心是透亮的。

　　陶然妈妈：我从你身上学到了很多东西，其中最关键的是，肯定孩子，发现孩子的闪光点。想想陶然除了不写作业，别的也没啥缺点。怎么这么多年我就一直盯着不写作业这个问题呢？

　　高老师：你真正放下这个焦虑的时候，就是孩子真正改变的时候。

　　陶然妈妈：上周末我们跟同事一家一起去度假，她一直跟着我同事，纳闷间我发现同事一直在肯定她。欣赏她的摄影作品时，她用那种很期待的眼神看着我，等我评价。孩子要求的不多，是我和她爸爸忽略了她的需求，从来没夸过她，只盯着她的作业。也许她不写作业是在对抗我们。

　　高老师：是的，就像上周的周记，我觉得挺好，作为日记来说很流畅了，但是她说你觉得是流水账。你对她永远高期待，那样她觉得永远满足不了你，干脆不努力多舒服。

　　陶然妈妈：是的，说了我就后悔了。我以前从来没肯定过她。

　　高老师：孩子是在欣赏、鼓励和期待中成长的。她虽然拖延，但是每次都坚持完成，难道没有值得肯定的地方吗？比起不完成作业的，是不是很好？

　　陶然妈妈：昨晚我说，你数学题原来可以做得这么快。她很高兴，还给我讲了鸡兔同笼的答题技巧。家里一共三个人，我和她爸爸从来没肯定过她，确实太不应该了。

　　高老师：是的，换位思考。

　　陶然妈妈：批评她的时候，我们俩总是一伙也不对，让孩子感觉没有同盟。不过孩子从不记仇，她爸爸打完，她接着就忘了。

　　高老师：所以看起来孩子更爱父母。

　　陶然妈妈：这孩子贵的东西从来不要，别人喜欢吃的都让给别人。

　　高老师：你可以把孩子的优点列举出来，写下来。

　　陶然妈妈：那天要给你带她亲手摘的桑椹，她爸爸嫌她没写完作业，把桑椹给扔了。想想孩子多可怜！

　　高老师：要和孩子一起打败困难，不要和困难一起打败孩子。

　　陶然妈妈：六一那天，我给孩子写了一点小感悟，一边写一边哭。以前埋怨孩子不听话，现在感觉孩子好可怜，对孩子满满的亏欠。

　　高老师：多听听孩子的心里话吧。

　　陶然妈妈：你带了她一年不到，她就非常依赖你，是我们做得太差了，让孩子没有安全感。

　　高老师：孩子是很敏感的，谁对她好，她心里明镜似的。

　　陶然妈妈：是的，我们总以为自己是最爱孩子的，却在无意中将孩子越推越远。遇见你，是我和孩子的幸运。相信我们都会改变，越来越好！

高老师：我们聊的，都是教育孩子的一些思想层面的，改变了思想，一切都通了。很多家长只想知道教育的细枝末节的技术，殊不知，那都是止疼药，不治根本。

陶然妈妈：以前以为是一些理论，现在真切地感同身受了，并且感受到了这种力量。做了十年妈妈，我也是这几天才有所悟。

高老师：还不晚，孩子才10岁，我也是到孩子上了初中才意识到的，在那之前我也不是一个通透的妈妈。

陶然妈妈：惭愧啊，做了十年不合格的妈妈，还以为自己很优秀。

高老师：都是这样摸爬滚打。

陶然妈妈：我感受到了自己的变化，也感受到了孩子更大的变化。孩子改变的速度比我们要快得多。

高老师：孩子生病，家长吃药，一定有疗效。

陶然妈妈：期待更好的改变，孩子要的很简单。

高老师：放下高期待，欣赏孩子，就这么简单。这周回去认真拜读她的周记，郑重其事地道歉、欣赏、赞美。

陶然妈妈：以后我得多发现她的闪光点。前段时间的征文都获一等奖了，你和她说，我得隆重地带着她去领奖。

高老师：陶然可真棒！必须好好庆祝一下。

陶然妈妈：必须得肯定和重视孩子的优点。我现在有意地往这个方向转变。我得给她信心，她才更愿意去努力。

高老师：不要用成人的标准去要求她，她只是个10岁的孩子。

　　陶然妈妈：我最近一直在反省，我错在不该一直以对待员工、对待团队的要求去要求她。她是我的孩子，一个 10 岁的孩子。以前她有不会的题，我会鄙视她，这太不应该了。

　　高老师：是的，所以她对抗你，用你最深恶痛绝的方式，那是她仅有的力量。

　　陶然妈妈：我是最近才找到这个症结的。如果没有你，可能我永远不会领悟这些东西。这几天我很深刻地反省了这个问题，也理解了她那种决绝的眼神。

　　高老师：多么痛的领悟，一切都来得及。父母是孩子爱这世界的源头，如果从小不被父母认可，孩子大概率不会感到幸福。

　　陶然妈妈：以前我总纳闷，我付出那么多，她为什么和我对着干。现在才明白，我们从未成为同盟。

　　高老师：希望你这次是发自内心地改变，不要被她写不完的作业打回原形。

　　陶然妈妈：真诚恳请您监督。

　　高老师：一旦你坚信，陶然是上天送你的礼物，而不是一个麻烦，你就能够真正欣赏她。我当然乐意见证你和孩子的和解，其实也是你和自己的和解。

　　陶然妈妈：十年了，孩子心里得多委屈。其实，这十年最累的是我。

　　高老师：想想，这是自找苦吃。

　　陶然妈妈：也许一直斗争的从来都是自己。

　　陶然妈妈的改变，让她和孩子都有如释重负之感，妈妈是平和有爱的，孩子就是积极向上的。

作为父母，永远都在学习和成长的路上，有些弯路，其实可以避免——多么痛的领悟！

爆发吧，小宇宙！

惊喜可能会迟到，但永远不会缺席。

那一天，风雨大作

批阅孩子们上周的周记，好多写到了周一下午的那场风雨。

那天，闷热了很久的老天突然翻脸，黑云压城，狂风卷地，外面的树被风摇晃得东倒西歪，一时间电闪雷鸣，接着一阵急雨不由分说地啪啪打在玻璃上。

看了一眼外面这阵势，我索性拉上窗帘看书去了。在我眼里，无非是一种正常的天气变化而已。

然而，当我批改孩子们的周记时，才发现那一天在孩子们眼中竟然是另外一番情景。

吕念想：狂风像野兽一样呼啸着、怒吼着，所过之处一片狼藉，小树被吹得东倒西歪，仿佛下一秒，风儿就把小树连根拔起……风越来越猛，越来越猖狂，越来越肆虐，势如千军万马；风像一双大手，想把树上每一片叶子都摘下，一片不留……

刘凯文：我和几个同学坐在外面的台阶上，望着天空，看着那一块块乌黑的浮云，不禁遐想起来。"快看，那一朵云飘得好快啊，就像飞机一样。""是的呢，不过我感觉像一条饿了好几天又异常凶猛的大鲨鱼。"

刘荣鑫：有许多"外卖云"，它们有的一身黄，有的一身蓝，有的则是一身白，它们行驶速度极快，就像急着要送东西的外卖员一样……窗外又打了一道闪，这是最亮的一次，就像熄灯后十个手电筒照过来一般明亮……

赵洪锐：那云好似双龙戏珠出海，而云海一直滚滚移动；那云又像一匹黑马在云海奔腾；另外一些云像一群山羊在吃草，好不壮观！

孩子们描写得多么精彩！我惊讶，这些生动有趣、充满幻想的活泼泼的句子，真的是出自班里小孩子之手？我又惭愧，同样遇见风遇见雨，孩子眼中的奇幻世界，于我而言，却是一种乏善可陈的坏天气！

忽然想起《天窗》中那段文字：活泼会想的孩子们知道怎样从"无"中看出"有"，从"虚"中看出"实"，比任何他们看到的都更真切，更阔达，更复杂，更确实！

停不下来的周记

去年，当我拿着一本周记，宣布从此每人一周要写一篇周记的时候，台下一片哀嚎。

那时候，我刚接手这个班，新的学期、新的班主任，怎么可能无话可说？然而第一篇周记收上来，多数孩子写不满一页，语言干瘪空泛，凑字数的痕迹随处可见。

我当然是接受了孩子们当下的水平，然后在每个孩子的周记后面点评鼓励。两个学期，孩子们每人写了40篇，我就给每个孩子点评了40篇。

现在呢？当我翻开孩子们的周记，总会被他们记录下来的故事所打动，也会被很多孩子动辄写到五六页纸一千多字的周记所惊到。

那天我遇到董轩和田沫然：你们周记都写了六页纸啊，这么多！俩孩子争着说，其实我还没写完，还想写的……

好吧，好吧，可劲写吧，这停不下来的周记！

额外的奖赏

也是去年，我曾对着家长们夸下海口，不久的将来，会有很多同学的作文发表到杂志上。

说这话的时候，我还没见识到孩子们真正的写作水平。

见识到之后，我有点拿不准，这个"不久"会是多久？

但不到一年的时间，孩子们交上了最好的答卷。

22 个孩子累计有 30 多篇作文陆续发表，12 篇发表在杂志，其余 20 多篇发表在杂志公众号，4 篇征文在市里获奖，1 个孩子成为杂志封面人物。

这一切的改变，除了平日里的训练，大概更多是源于我们寒假的作文挑战营吧，孩子们日写一文，一个寒假不曾间断，想想那些累并收获着的日子，真是透着酸爽又带甜！

但这一切，都是"额外的奖赏"，意义更大的，是收获了对平凡生活的敏锐感知，不吐不快的写作乐趣，文字顺畅表达的高峰体验……

当然，这些，离孩子们太远。

然而总有一天，他们会明白，写的初心在哪里，快乐也就在哪里。杂志发表也好，被人欣赏也罢，那只是"额外的奖赏"，绝不是写作的终点。

那么，爆发吧，小宇宙！

再见，四年级

夏天的风，穿窗而来，此刻，是 7 月。

一年的时光，走走停停，我们的四年级，结束了。

初相逢

从教这么多年，每接手一个新班级，内心都会雀跃：又会有哪些活泼泼的孩子，成为我的学生？同时伴随着些许忐忑，相遇一场，我能为孩子们带来什么、改变什么？

所以，一年前空降这个班级的时候，对将要到来的新学期充满了各种想象，我不确定会怎样，但有一点我笃定，在未来的时光里，一定会有不一样的惊喜。

于是，有了开学前第一场家长见面会，有了第一堂课上对孩子们的采访，然后是掌声、是欣赏、是接纳，他们给了我这世界上最大的善意和赞美。

所有的相遇都是久别重逢，果然。

我们的故事由此开启。

岁月的分量

播种什么，就收获什么。

一年里，我们在书本上极目遨游，也在文字里定格童年。

无数个安静的角落，读书的少年，神情专注，一身光芒。

两个学期，人均四本周记，稚嫩的文字，书写着四年级的喜怒哀乐，童言无忌，光明坦荡。

一起写的，还有家长和我。

于是，有发表，有获奖，有了杂志封面上艺馨的恬然浅笑。

于是，有了家长们的周记集锦，也有了分享、畅聊的周记群。

于是，也有了我打印的八万字的两本班级故事——沉甸甸的，是
岁月的分量。

明天，大概会不一样

一年过去，有多欣慰，就有多遗憾；有多开怀，就有多怅然。

遗憾很多有趣有益的活动，无疾而终；遗憾很多时候不能免俗，
带着孩子们在试卷里奋战。

怅然许多孩子的偶然犯错，因为我的心浮气躁，没能点化成为他
们德性加持的高光时刻；怅然许多本该美好的课堂，因为我的好为人
师，成为言者谆谆、听者渺渺的无趣道场。

有了回望，有了反省，我想，明天，大概会不一样。

因为心中曾有梦想，想把每一个日子擦亮；因为脚步开始跋涉，
也就不惧山高水长。

过去还未去，未来已到来。

那么，亲爱的孩子们，好好告别吧，对着过去的一年，挥手说
声：再见，四年级！

拔节：有点苦但很酷

我越来越相信，创造美好的代价是：努力、失望以及毅力。首先是疼痛，然后才是欢乐。

——凡·高

九月：一切美好都在路上

岁月本没有意义，你赋予它什么，它就是什么。

有点苦，但很酷

一次行动胜过无数次的空想。

1

暑假的一天，我在讲座现场，听魏智渊老师讲学生写作。我盯着眼前自己记得花花绿绿的笔记，忽然觉得，如果只是听懂，只是记下，又有什么意义呢？

瞬间一个想法蹦出来——何不来一场暑假写作挑战？

主意打定，我开始思考：写作题目好定，提交方式呢？

拍照发群里？一想到疫情期间孩子们上传的各式各样不甚清晰的作业照片我就头大，况且也不方便整理保存。

各自上传电子稿？一定又是不同版本文档杂陈，字号字体各式各样，况且也没法相互点评。

用APP比如"简书"网上写作？既方便保存，又可相互留言点评，可是现在的APP广告弹幕乱飞，各种不适宜内容冷不丁就蹦出来，实在不妥。

想来想去，还是用钉钉文档在线编辑吧，似乎可以一键解决所有问题。

然后立马行动：设计规则，制作海报，发布招募令，等待应征勇士。

挑战规则如下：

根据题目和字数要求写作，中断一次便淘汰出局

第 1 – 10 天每天 300 字

第 11 – 20 天每天 400 字

第 21 – 30 天每天 500 字

每天点评一篇同学作文，评语不少于 66 字

学会 word 编辑，使用钉钉共享文档

每次先点评，后复制上传自己的作品

获得奖励：

每 10 天奖励一次，家长满足一个心愿

通关者，开学抽取礼物盲盒

有机会发表作品，成为闪闪发光的自己

很快，16 个孩子报名。那好，微信群我建，钉钉群交给俊伟来建，半天时间，一切妥当。

当天晚上，钉钉群第一次会议召开：一来致欢迎辞，能来应战确实勇气可嘉；二来进行培训，别看这群四年级的娃娃平常玩手机很溜，电脑打字、文档编辑不见得能行。

果然，培训得很辛苦，从在电脑中建文件夹、建空白文档，到设置字号字体、智能格式整理，再到复制文字进钉钉文档在线编辑、点评同学作文，我作为一个语文老师，为讲清楚这点电脑知识，真是用上了洪荒之力。

少数几个家里没有电脑的同学，全程需要在手机上操作，这个怎么解决？当然有办法，手机备忘录写好，复制粘贴到钉钉，可能格式有点乱，但都在可控范围内。

2

我发布了第一阶作文题目：

第一天：《高老师又来搞事情》

第二天：《实不相瞒，我放假这些天……》

第三天：《我妈这个人》

第四天：《孤勇者》

第五天：《我的烦心事》

第六天：《核酸啊核酸》

第七天：《我最喜欢的》

第八天：《想起我的期末成绩》

第九天：《你，吃雪糕了吗》

第十天：《这十天，我是怎么过来的》

第一天的作文题目挺应景。孩子们本来就很想"吐槽"，区区300字，好写。稍微一动笔，最终人均400多字，完美。

只是编辑到文档里，就成了群魔乱舞。呈现出的文章五花八门，字体颜色不一，字号大小各异，字底有阴影的，文字加粗变大的，手机复制过来格式错位的……

我的天，除了一开始上传的四个孩子真正学会了编辑，其他十几个是都学废了呀！

不要紧，有老师来兜底。

于是，当天晚上，钉钉群第二次集结，手把手再教一遍。

当我把第一天的 16 篇作品整理好发到群里，大家顿觉神清气爽，再细读吐槽内容又忍俊不禁。

只有几个孩子确实是自觉自愿参加挑战，更多的都是被妈妈哄进来的：家长满足三个心愿，还有开学老师的礼物盲盒。看在条件诱人的分上，那就硬着头皮写吧！

3

第二天之后，俊伟每天上午把当日模板发群里，大家写得顺手，编辑起来也顺畅多了，几乎不用我再从中协助，只需把前一天的文档下载，整理一下，发到班级群共赏。

就这样，第一阶 10 天过去了，每天的题目都比较接地气，每篇 300 字对孩子们来说小意思，上手特容易，闯过这一关，算是入门了。

第 10 天的晚上，钉钉群召开第三次会议，隆重庆祝我们的小小胜利，娃娃们都很兴奋，摩拳擦掌，畅想着自己的第一个心愿即将实现。

另一端微信群里，家长们隐隐担忧，娃会不会狮子大开口，提出什么过分的要求？

　　然而，担心是多余的，孩子们的心愿很简单，无非吃喝玩乐购——由衷感慨，他们确实还都是些孩子啊！

　　接下来第二阶、第三阶的作文题目，就要征求大家的意见了，每个同学都可以设计题目。

　　最终我们确定如下：

　　第11天：《手机啊手机》

　　第12天：《给校长的一封信》

　　第13天：《假如我来做妈妈（爸爸）》

　　第14天：《愉快的一天》

　　第15天：《二十年以后的我》

　　第16天：《想起这件事，我就_____》

　　第17天：《_____真了不起》

　　第18天：《校园里来了一只恐龙》

　　第19天：《我最喜欢的游戏（或电视节目）》

　　第20天：《哈哈，我又成功通过一关！》

　　第21天：《五十年后的学校》

　　第22天：《我的梦想》

　　第23天：《都是_____惹的祸》

　　第24天：《那一次，我流泪了》

　　第25天：《_____真有趣》

　　第26天：《我有一个小秘密》

　　第27天：想象作文《_____历险记》

　　第28天：《我想发明_____》

第 29 天：《这个夏天不一样》

第 30 天：《30 天挑战成功！我骄傲！》

于是，我就读到了很多精彩或搞笑的文字，经常是在整理作文的时候，我就开心到不行，截图发到群里，一众家长也跟着乐起来。

在这样一个热到不知该拥抱什么来降温的季节，在这样一个躁到不知何时能破局的后疫情时代，我们在一天天地被童言无忌悄然治愈。

一路写下去。

除了文字，还有故事。

明玉每天晚上从辅导班回家就不早了，然后开始写作文、点评、上传、编辑，做到很晚，可是他一直坚持。而像明玉一样忙着上课、忙着写作的孩子，还有好几个。

凯文有天因为家长有事回家太晚，写到凌晨，写着写着睡着了，妈妈又叫醒他，坚持完成了当天的文章。

梦涵因为同样的事情耽误，没能完成，第二天，恳求我给一次机会。我把权利给了孩子们，在群里发起投票，看是否同意给梦涵一次机会，结果，所有孩子都同意。梦涵被感动了，我也是。

可是沥文掉队了，因为每天都拖到太晚才写，那一天，到了截止时间没传上，按规则被淘汰。

很可惜。她是寒假作文小分队的主力，是在杂志上发表作品最多的小作家，然而因为情况和梦涵不同，毫无理由留下。

我想，这一次，孩子们明白了，在规则之外，我们有体贴、有关怀，但是，不能触碰底线这个原则不能动摇。

还有个插曲，陶然因为手机编辑出现问题，导致后面同学编辑不便，和俊伟、明玉在群里发生了争执，几个孩子把写作群变成了语言的角斗场，言辞犀利，互不相让。

我发现后，出来制止：天热人躁，每一个问题都是机遇，这事还有别的解决方案吗？

私聊后，很快解决。

这一次，又让孩子们明白，出口莫伤人，遇事要拐弯。

4

第 30 天来临。

这是一个值得庆祝的日子！我把 30 天的文档进行整理，居然有 26 万多字，足够出一本书了。

30 天，15 个孩子战胜了自身的惰性，克服了畏难情绪，在别的伙伴无忧无虑悠闲玩耍的时候，他们每天与时间赛跑，与文字角逐，体会着写作的孤独，也体会着写作的幸福。

30 天，孩子们以写作为磨刀石，磨炼了意志，提高了自己。他们从 300 字起步，写到 500 字、800 字、1500 字乃至 1800 字，在外人看来好像毫不费力，其实他们非常努力。

30 天，孩子们学会了文档编辑，也适应了手机文字处理；他们在摸索中试错，在矛盾里求和；在同理心下谅解伙伴，在底线之上懂得规则。

而这所有的一切，都比不上这 30 天挑战成功给孩子们带来的自我成就感——为战胜自己而骄傲，为像一个真正的作家一样写作而自豪！

　　每个孩子的作品各自整理出来，插入图片，美化编辑，就有了属于自己的电子作品集。

　　昱晓妈妈发现了一个好用的 APP，可以上传制作电子书，然后打印成册，这就有了属于自己的作品呀！

　　岁月本没有意义，你赋予它什么，它就是什么。

　　有点苦，但很酷。

　　这些，就是过去 30 天的全部意义。

你好呀，新学期

　　9 月 1 日，一年一度开学日。

　　我们搬离了二楼的教室，搬到了三楼五年级新教室。随之而来的，还有我们的书橱、图书、绿萝以及各种属于我们教室的大小物件。所以，新教室是陌生的，也是熟悉的。

　　一早走进教室，念想、一诺、荣鑫和小哲四个孩子已经到了。俩女孩一看到我，跑过来就把我抱住了。好久不见，甚是想念啊！

　　然后大家陆陆续续到来，一个个兴奋地和周围同学打招呼、说笑，教室里热闹起来了。

　　一个新学期，一个新学年，如约而至。

再见！你好！

　　放假的时候，我们班是 42 个同学，如今开学，振宇和俊伟缺席了。

　　振宇转到了姐姐所在的学校，为的是方便妈妈接送，假期里振宇妈妈就给我说了这件事，虽然很舍不得，但也只能这样了。

俊伟的转学特别突然。整个假期，俊伟跟着大家一起进行 30 天写作挑战，满心期待开学和大家见面。可是开学前几天，俊伟妈妈打电话告诉我，因为浙江老家那边有生病的老人需要照顾，他们不得不临时决定，放弃在临沂这边的工作，全家搬回浙江。这样的话，俊伟只能转学，这实在是无奈之举，俊伟妈妈边说边哽咽。

那天下午，俊伟给我打电话，哭得很伤心，他舍不得我们这个班，舍不得老师和同学。我一边安慰俊伟一边回忆他的模样，眼角发涩、心里发酸：一场离别就这样悄无声息地到来了。

想到两个孩子过往这一年的成长变化，还是非常感慨。

振宇在同桌的鼓励和帮助下一次次自觉背诵古诗、默写词语，一次次争着抢着去打扫教室卫生、帮老师搬书拿东西，在取得进步被表扬后羞涩地微笑，在拼装出巨型乐高后开心地拍照发给我分享，在运动会上拼尽全力冲向终点……

俊伟在一篇篇周记里认真地记下我说过的"金句"；在听过一节关于感恩父母的课后，他用心地给妈妈送出一份惊喜和感动；在宿舍里与同学发生了矛盾后，他第一个站出来认错并自愿替舍友接受惩罚；在 30 天的写作挑战中，他每天默默帮助我发出作文模板，提醒大家写作……

如今，两个孩子都没有机会再坐进我们的教室，甚至没有机会和大家当面告别，这是多么遗憾。开学之际，我拨通视频电话，让坐在教室里的孩子，对着镜头和俊伟、振宇大声说再见，算是一个小小的告别。愿此后长长的岁月里，你们各自灿烂。

与此同时，教室里又来了两位新同学——晗钰和传赫，一个文静内敛、酷爱读书的女孩子，一个快人快语、热心开朗的男子汉。

你们好啊，新同学！两位的加入，又会有怎样的精彩故事呢？我们拭目以待。

特别的开学礼物

2022 年是特殊的一年，从 1 月到 8 月，孩子们在家待了足足五个月，就问哪个家长不曾上过火？

家长们有一肚子的话要说，这不，在满心期待娃娃们开学的同时，家长们也暗戳戳地准备了一份"大礼"——为孩子录制一段视频，说出自己的心里话。

开学那天晚自习，当我一个个播放家长们的视频，孩子们惊喜不已，屏幕上自己的爸爸或者妈妈，说着自己平常很少听到的话——

"你其实特别懂事，但是妈妈却很少表扬肯定你。"

"儿子，感谢你来到我们身边，给我们带来了那么多欢乐。"

"老妈唠叨你，甚至打你，但你可能并不知道，妈妈有多爱你。"

"我和爸爸永远都支持你，你在我们心中是最棒的！"

……

孩子们起初有些躁动，他们会回头去找是哪位同学的家长，然后忍不住地笑。

我告诉孩子们，好多家长不曾对着镜头认真说过话，一遍遍录制，一遍遍重来，为的就是最好的效果。还有很多家长不会说普通话，可是为了这段视频，反复练习，直到满意为止。

后来，孩子们听着听着，不笑了；听着听着，脸色凝重了；听着听着，有人流泪了。

在家期间，孩子和家长之间多少都有过矛盾甚至冲突，如今听着父母叮嘱的话语，他们小小的心灵被逐渐温暖融化了。

这一份特别的开学礼物，何尝不是一份别样的爱的表达？

荣耀时刻

暑假里，班里 15 个孩子经历了一番闯关挑战，30 天一路披荆斩棘不间断写作，最终全部过关。开学时，他们也迎来了属于自己的荣耀时刻。

在昱晓妈妈推荐下，所有同学都将自己的作品制作成书，收到书的同学已经把书带来了。一本本印刷精美的作品集，承载着孩子们 30 天的努力，见证着每一个孩子身上的潜力。

根据约定，我要送给每一个闯关成功的勇士一份礼物，想要什么，提前告知，统统满足。

在全班同学的见证下，大家上台领取心仪的礼物，然后，我用镜头定格这一幕，这是孩子永远值得骄傲的荣耀时刻。

新的学期，就这样闪耀启程。

向前走吧，一切美好都在路上。

有香气的文字

开学第二周，学到《桂花雨》一课，里面有这样两段文字描写——

桂花树的样子笨笨的，不像梅树那样有姿态。不开花时，只见到满树的叶子；开花时，仔细地在树丛里寻找，才能看到那些小花。可是桂花的香气，太迷人了。

桂花盛开的时候，不说香飘十里，至少前后左右十几家邻居，没有不浸在桂花香里的。

这是怎样一种树，又是怎样的一种香？

孩子们想象不到。

其实，校园里是有桂花的，就在我们教学楼西边。然而，多数孩子很少有机会去认识它们，更少有机会去嗅一嗅这"迷人"的香气。因为——没有特殊情况，教学楼西边的地方只有周一入校时才有机会路过，其余时间，孩子们的日常活动区域是固定的，几乎无缘亲近校园的桂花树。

那天上课时，我给孩子们说晚饭过后带他们去欣赏桂花，惹来阵阵欢呼，连下午的晚饭都吃得格外着急，孩子们像马上要去探宝一样兴奋难挨。

晚饭后，我带着孩子们来到教学楼西边，叮嘱了一下诸如要爱护桂花树，不得乱摇乱攀之类，便让他们分头去耍了。

孩子们三五成群，用鼻尖靠近树枝上那些成簇的黄色桂花，闭上眼轻轻地嗅；远一点观察这眼前的桂花树是不是像课文中写的那样"有姿态"；蹲下去捡拾地上散落的桂花，小心地一朵朵摆放在掌心……

可惜很快就到晚自习时间了，我让小哲集合大家站队，好不容易才把意犹未尽的孩子们集合完毕。

熠龙弯着他一双小眼睛，说，老师，桂花的香气果真和课本上说的一样，太迷人了。

我也弯着眼睛笑着，没说话。大概，这就是对课文最好的理解吧。

周记收上来，有太多的孩子写到了那天傍晚的桂花。

董轩写道："那里的桂花和课本上写的真是一模一样，十米开外也能闻到它的香气。"

龚禹畅写道："我们来到楼下，远远就闻到了淡淡的桂花香味，没有一个不浸在桂花的香气里。""我捡了几朵桂花，尝了一口，发现桂花的味道又酸又涩。"

嘉琪写道："桂花树有高的，有矮的；树干有笔直的，也有弯曲的。树干很粗壮，树叶很繁茂，一片挨着一片，似乎没有缝隙。叶子是深绿色的，椭圆形，叶片厚厚的。"

最有意思的是艺馨的周记，延续一贯的图文并茂风格。原来，这桂花树，竟是她心目中曾经的"开心树"呀！

……

孩子们眼中，自有一片美好的世界，而我们要做的，就是把这份美好更好地呵护、更好地呈现！

有灵魂的周记

周五最后一节语文课，我把周记放在讲台上。

42 本周记，分了两摞，左边一沓四五本，其余都在另一边。

"猜，我要点名表扬的优秀周记在哪边？"

"这边！"多半孩子指着少的那一边。他们是习惯了优秀者永远都是少数吗？

看我不置可否、故作神秘的眼神，一些机灵的孩子很快倒戈："那边！"

"不卖关子了,"我指着高高的一摞周记说,"今天老师要点名表扬这些优秀的同学,因为,老师读到了他们'有灵魂'的周记。"

哇——!台下雀跃起来。

凯文:一颗金子般的心

凯文的周记,被我评为一等一的作品,可不仅仅因为他写得精彩。

这还要从第一周的周五那天说起,当时要选特色课,42人42门课程,一门特色课一个名额。看似简单,实则难选。因为热门课程大家都想选,冷门课程大家都不买单。那就先确定一个原则:上学期学过课程的优先,各方面适合课程的优先。

到了足球课,遇到麻烦了,凯文和熠龙都想选,并且上学期都学过。我看了一眼坐在第一排特别瘦弱的熠龙,又看了看后排相对强壮一些的凯文,再想想足球场上激烈的对抗角逐,就说,凯文更适合足球,就凯文吧。

熠龙很失落,我从他眼神里看出来了。可是只有一个名额……

下课后,熠龙来到讲台前,眼巴巴地看着我:老师,我真的很想选足球。

我也觉得于心不忍,就对他说,你去和凯文商量一下吧。

没多大会儿,俩孩子一起过来找我,凯文说:"老师,我愿意把足球课让给宋熠龙,其实我本来就想让他选的。"

我看着这个可爱的男孩子,问:"那你选什么?"凯文说:"我课外报了足球班,不用在学校里学了,让宋熠龙选吧,我选个其他课就行。"

熠龙眼圈红了，感动得不知所以。

我在心里给凯文竖起大拇指，可真是个男子汉！

可读了凯文的周记，我才知道，原来那天，凯文关注到熠龙失落又委屈的眼神，忍不住在心里替他遗憾，于是主动把足球课让给了熠龙。当凯文把这件事情生动细致地写出来，我又要为他点赞了，这个小男子汉，还有如此细致的观察力、如此细腻的表达力！

佳萱：穿过黑暗拥抱你

跳绳，对于绝大多数孩子来说，那是再简单不过的事情，然而对于佳萱，却是遥不可及的梦想。

小时候的一场意外，让这个女孩永远地失去了左手的三根手指，她的世界里，从此少了很多原本可以去尝试、去体验的快乐。

学校里每个孩子都要过关的跳绳，就是佳萱迈不过去的一道坎。她的左手没有办法拿住跳绳的短柄，也就没有办法跳绳，每一节体育课跳绳练习，每一次课间绳操表演，佳萱都是站立在队伍一边。看着伙伴们神采飞扬，她眼里有羡慕、有落寞，还有说不出的难过。

然而，这个学期，佳萱决定去挑战了。

佳萱写道："如果想要走出这片黑暗与孤独，那就要坚持下去，战胜自己，然后就会有一种快乐，叫'成功'。"

经历了怎样的思想斗争，进行了多少艰辛的努力，又体验过何种兴奋的感觉，佳萱没在周记里具体展开描述，她把感受云淡风轻地融进字里行间，却让人分明感受到她曾经波澜起伏的心路历程。

她把那种孤独无助的黑暗叫作"大魔王"，她称不厌其烦地指导、帮助她的小伙伴为"走出黑暗的加速器"，她说"坚持是生活中最好的朋友"。这个 10 岁的小姑娘，有着明显深刻于同龄人的思想。

我曾对佳萱说过，每个人都是被上帝咬过的苹果，咬你的这一口很特别，因为你是最甜的。

当这个小丫头渐渐长大，应该会明白，真正的成功和幸福，都会穿越黑暗，为拥抱你而来。

艺馨：有图有真相

艺馨简直就是个小精灵，无论文字还是绘画，没有她表达不出的东西。

从去年，艺馨的周记就成为班里的典范，不仅文字幽默风趣，文笔流畅自然，她还非常善于用插画来点缀丰富周记，每次批改，我都忍俊不禁。

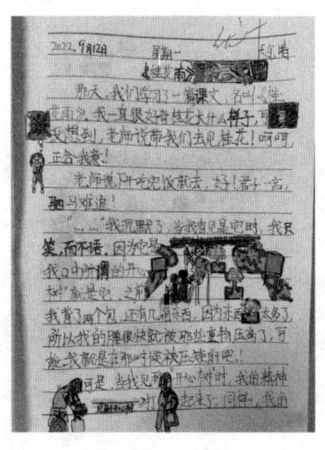

同学们都折服于她细腻传神的表达方式，每次我在办公室分享她的周记，同事们也都是争相传阅，赞不绝口。

各有各的精彩

每个孩子都有自己独特的表达方式。

有的喜欢写人物，同学、老师、家长都是他们笔下的主角，比如葛祥润写妈妈，生动传神。

有的喜欢写事件，宿舍、教室、餐厅、操场总有各种精彩发生，比如荣鑫和秋宇写的故事，一波三折、耐人寻味。

有的喜欢写景色，头顶的蓝天、夜晚的星空、拂面的微风，都被写进周记，比如妍儿和念想的文字，唯美细腻。

......

最后，我想说：所有这些用心写成的周记，都是有灵魂的，都是有温度的，让人赏心悦目。所以，下一周，你打算写出怎样的文字呢？

十月："老师滚蛋"

"老师滚蛋"四个字，还真是"滚"出来不少不期而遇的精彩话题。

总有一股力量，在生长

随着疫情反复，我们又一次开启网课模式。

网课第一周的周五临近放学，听到我说周末除雷打不动的周记和打卡之外没有其他作业，娃们已经按捺不住内心的喜悦，急不可待地想拥抱美好的周末了。

且慢！为师还有几句话没说完，谁都不许走！

隔着屏幕，我都能感觉到娃们的狐疑：莫不是老师改变主意要加作业了？

我顿了一下说："其实吧，老师是想告诉大家，在这周的网课中，大家都表现得特别棒，老师表扬你们每一个！好啦，周末愉快！再见！"

"老师再见，老师再见，再见，再见……"

夹杂着不同腔调的告别声从电脑里拥挤着传出来，我关掉直播，长舒一口气，一周的网课结束了。

网课进行了两个周，说实话，真心觉得孩子们进步了、懂事了。

上半年四月份那次网课，简直耗尽了我所有的心力，每一天从睁开眼开始，到晚上临睡觉，每一刻都在盯学生。

谁没来晨读，谁没上直播，谁没开摄像头，谁没写作业，谁没提交打卡，都要记下来，发信息，找家长，打电话，催作业……有时候还要调节亲子矛盾，指导孩子的居家生活……

生活和工作交织在一起的那两个月，让我身心俱疲。

念想同学很直白，在周记里写道：老师好像从 18 岁一下子到了 80 岁！

转眼半年过去，同样遭遇疫情转战线上学习，孩子们却展现给我一个全新的样子，我也很奇怪啊！

晟源，你变了

批改周记，到了晟源的，我一时恍惚：是这娃亲笔写的字？

书写工整，字迹清秀，一笔一画都有着练习书法的痕迹。这……这不是我认识的晟源。

我太清楚晟源的字了，毫无章法，笔画仿佛是一根根树枝，随意那么一搭就凑成了一个字。为此，我不知多少次点名要他好好写字，然而收效甚微，教他一年了，他写出的字始终画风稳定，没有啥变化。

眼前这字迹工整的周记果真是他写的？

不行，我得调查。

我先去找出来晟源上周的周记，发现字不如这次，但似乎和从前有点不同，稍微工整了。接着调出来他的每日练字打卡，一张张看过去，发现确实一点一点在变化。

最后，我去找晟源妈妈求证。当得知晟源最近确实特别努力改变自己，并且周记确实出自晟源之手，我心里为这个娃点了一个大大的赞！

好期待开学啊，我想看到这个不一样的小伙。

梦涵，你们要火

上周，梦涵向我申请建一个学习群，说有六七个女孩子想在一起学习，我爽快同意。

我不进群，没法盯着，全靠她们自觉。

那万一她们不专注学习而是神侃聊天呢？其中还有让我和家长头疼的一个同学，上学期因为她玩游戏不写作业，可是让我好生上火。

我选择相信。

事实呢，比我想象的还要好！

每一天，她们几个小丫头在一起互相加油打气，彼此监督提醒：要按时听课，认真完成作业，不准贪玩手机哦！

哎呀，梦涵，必须给你们点一个超级大的赞。如此，用自己满满的正能量带动周围的同学，做一个个发光的太阳，你们，这是要火的节奏哇！

实名表扬

这周周记改得过瘾。

有沉浸在知识海洋里乐不思蜀的，有关心用眼过度提醒大家的，有针对网课人设客观评论的，有记录自己网课期间大型"社死"事件的，有描写网课抢麦趣事的，更有脑洞大开写连载小说的。

孩子们描述了他们正在经历的网课生活，有不便，有弊端，但更有快乐和收获。不一样的老师开通直播，感受着不同的讲课风格，别有一番趣味。

在微信家长群里，我把孩子们的精彩周记截图哗啦啦上传：实名点赞，请家长亲自表扬这些娃。

五年级，在路上，我已经感受到有一股力量在悄悄生长……

"老师滚蛋"

1

周一升旗仪式之后，接着开班会，总结上周网课全班同学的表现，表扬认真学习的孩子，又强调了一下接下来需要注意的问题。

屏幕前的一个个孩子，端坐着专心听老师讲，也许因为今天周一大家精神十足，也许因为屏幕投放我们教室的照片勾起了大家的集体想念，孩子们眼神里透着光，身体在线，心灵在场。

看着一个个熟悉的脸庞，我的语气也比从前温和了很多，约定好了我们这周几个小小的计划后，一节课也渐渐到了尾声。

和往常一样，临近下课，我会取消全员静音，和孩子们互相道别。

我笑着看一个个淘气的面孔在屏幕上说着"再见"下线，正准备结束直播，突然一个男孩子的声音响起："老师滚蛋!"四个字清清楚楚地从屏幕里传来，就像一个地雷原地爆炸，让整节班会课带给我的美好和谐土崩瓦解。

我愣了一下，没看清是谁。

嗬！长本事了，敢这么说我?!

第一反应是不相信，我竟然教出来这样不尊重老师的孩子？

然后感觉很受伤，带了一年的娃，这么对我说话吗？

但是冷静下来想想，这个孩子说是这么说的，但是听那声音，没有一丝恶意，搞笑的成分更多些。

我想我得找出来这个孩子，于情于理，都得约他谈谈。

2

最后下线的孩子就那么几个，我翻看回放，听着声音，对照名单，很快锁定了记旭。这孩子特单纯，也喜欢搞笑，在学校里说话就口无遮拦，想到什么说什么，是他没错了。我心中十分笃定。

于是我毫不犹豫地拨通了记旭的钉钉号码。

"老师，你找我有事？"

"对啊，刚刚临近下课，你说了啥来？"

他想了一会儿，诧异地回答："我没说啥啊？就说了老师再见。"

问了半天，无果。

我再回去看回放，声音明明就和记旭的一样啊，而且画面里就有他啊。

一定是不想承认吧。我见过太多做了某件事矢口否认的孩子啦！于是，我再次拨回去。

同样的回复，无懈可击。我又没有确凿证据。

好吧。那还能是谁呢？

再次看回放，最后下线的，还有荣鑫。这家伙特幽默，特爱搞笑，但是应该不至于说出这种话吧？再说，声音不像。

可那还能是谁呢？我还是拨通了电话，问荣鑫有没有听见有人说那句话。

荣鑫说没有听见。我半开玩笑地问："不会是你说的吧？"

他有点急了："老师，我怎么能说出那样的话呢？被人怀疑的滋味真难受！"

哎呀，我也意识到自己的做法有点不妥，宁可找不出，也不能随便怀疑一个无辜的孩子。何况已经怀疑俩了！

这时，记旭爸爸发信息给我，问我大概是在什么时间听到的声音，我查看了一下告诉了他。没多大会儿，他发过来家里的监控视频，正是记旭临近下课的一段。

这娃没有撒谎，他一直在对着屏幕说"老师拜拜""老师再见"。我，欠他一个道歉呀！

但究竟是谁呢？还要不要追查？

沉思半天，我决定赌一把。

3

中午练字时间快结束的时候，我语气平和地对全班同学说，上午的班会大家听得很认真，只是最后有个小插曲，不太和谐。

孩子们听了，都诧异地盯着屏幕，等我说下去。

我说，最后告别，有个同学一时兴起，竟说了句"老师滚蛋"。

我停下来，看孩子们的反应。他们一个个吃惊地张大嘴巴，面露疑色，转而又有一股气愤出现在脸上。

接着评论区就炸了：谁！谁！谁！

大家一时之间接受不了在我们班集体里会发生这样的事情。

　　我接着说，我知道这个同学这么说老师不是有心的，犯错不要紧，改正了依然还是好孩子，练字结束后老师等着你，在钉钉上和我联系，我想听你解释解释。

　　说实话，我心里多少有点忐忑：如果没人主动承认，该怎么办？

　　我正寻思着对策呢，钉钉闪动，一个孩子发过来一条信息：老师，对不起。

　　我一下子放下心来：终于等到了你！

　　我盯着他的身份信息看了半天，原来是小 M。哎哟，这娃平时不太能说话呀，有时候一说话还是会脸红的呀，今天怎么说了这话呢？我太好奇了！

　　我马上打语音电话过去，他在那边很紧张，上来就说："老师，对不起。"

　　我笑着说："不用紧张哈！老师应该先表扬你，主动承认错误，很有诚意，也很有勇气。老师很想知道，你怎么会说出那句话呀？"

　　他磕磕巴巴地说："我就是觉得好玩，很顺口。"

　　我瞬间理解了。大家都在说"老师再见"，他接一句"老师滚蛋"，是真顺口、真押韵。

　　"小子，我真的原谅你了，但是不能不给点惩罚，毕竟这么说话太不尊重老师，也太不文明了。这样吧，你把这件事的前因后果以及你的内心感受全部写清楚，400 字起步。"

　　挂了电话，我想了想，又补充了点附加题发给他。如下：

　　　　老师决定给你另外的"惩罚"——

　　　　除了把上面的事情写清楚，你再去搜索一下"滚蛋"这个词语的来历，也就是搞清楚为什么会有"滚蛋"这个词语，它一般用在什么场合，表达什么意思。

搜索完，抄写下来，一块交给我。

4

晚上，小 M 发过来他写的文字，说到了原因："觉得好玩，顺口，想在哥哥面前秀一秀。"这就是孩子内心真实的动机，让人又气又笑。

他摘抄了网上搜来的"滚蛋"一词的来历，恐怕很多成年人也未必知道吧：

"滚蛋"一词源自河南某个地方的一种习俗：喜庆节日请客人来吃饭，上的最后一道菜就是"鸡蛋汤"。"滚蛋"是滚烫的鸡蛋之意，暗含吃完这道菜就宴席结束，可以离开了。后来用"滚蛋"指赶快离开。

是不是长知识了？

后来小 M 妈妈发信息给我，说以后不会再让孩子犯这种道德错误了。我说，这不能算是道德错误，不能给孩子贴标签，教育孩子说话要礼貌得体，开玩笑注意身份场合就行了，点到为止。

一场因一句"老师滚蛋"而起的风波至此结束，但留给我很多的思索：

我最初仅凭一段回放、凭我对某个孩子的了解就怀疑孩子真是愚钝至极，身为教育者怎么能带着偏见育人呢！

　　幸好我没有因为听到这样一句话就怒火中烧，在一气之下迁怒其他孩子；如果那样，真是小题大做了。小孩子的内心其实是单纯的，面对他们因无知、好奇、好胜、冒险等犯下的错误，千万不能贴标签，就事论事就可以了，不要上纲上线。

　　对于这件事的处理还可以更进一步，变问题为课题，化"危机"为"时机"，更有智慧地"惩罚"，更有深度地转化。今天让小 M 搜索了"滚蛋"的来历，完全可以再拓展一下，引导他就日常习惯俗语的来历搞个专题研究，也可以就此在班级开展一个关于日常不文明用语的调查……

　　"老师滚蛋"四个字，还真是"滚"出来不少精彩话题。

十一月：孩子，你能懂吗

无论是老师还是父母，肩上都扛着太多的责任。只是——孩子，你能懂吗？

每一个你，都有光

周三阅读课，提前报名的四个孩子依次在屏幕前分享。

葛祥润打头阵，他兴冲冲地给大家分享了《三国演义》这个大部头。对于书里的人物和故事，祥润如数家珍，孩子们个个都听得津津有味。我看着这个平时调皮捣蛋、此刻却讲得眉飞色舞的男孩子，真是感觉他浑身都在发光。

第二位是张艺馨同学，她给大家分享了一本校园童书。她甜甜地笑着，有点害羞。开始讲得还可以，后面越讲越紧张，经常忘了故事情节，然后就结结巴巴。看着屏幕上语无伦次的艺馨，我温和地鼓励她，不着急，慢慢讲。这时我瞅了一眼评论区，一下被孩子们暖到了：

自信点，把"好像"去掉。

加油，加油！

有点发抖吗？我也一样。

不用紧张。

……

此刻，所有的同学都想给艺馨一些力量，希望她能平复心情，继续分享。看到大家这些鼓励的话语，艺馨也被感动了吧，再也控制不住自己，眼泪悄悄流了下来，哽咽难言。

我见状让艺馨停止了分享，让对这本书感兴趣的孩子课外自行去阅读。

轮到快人快语的小丫头王梦涵上场了："今天我给大家分享一本书《女儿，你要学会保护自己》。"简短的开场白之后，她从书的主要内容出发，讲了她推荐这本书的理由：当下校园暴力、黑车失联、网络诱惑、烟酒危害等骇人听闻的事件数不胜数，作为女孩子必须懂得保护自己。梦涵还读了其中一个案例，主人公恐怖的遭遇可是加深了小听众们的印象。

最后，吴传赫接着上周没讲完的《哈利·波特》继续开讲，他是如此喜欢这一套书！那么厚，全套几百万字。J. K. 罗琳笔下的魔法世界如此宏大神秘，哈利·波特的境遇如此曲折复杂，这小伙子娓娓道来，不急不躁。如果时间允许，他真想把所有的故事都讲给大家听。

一节阅读分享课结束了，评论区里大家的赞叹和鼓掌在刷屏。

但我想给所有的孩子说，今天分享的四个同学，每一个都好比发光的小太阳，他们在书海里徜徉，还不忘热情地分享。

我还想说，其实我们每一个人都会发光。你鼓励同学的温暖，你真诚热情的点赞，你专注倾听的模样，又何尝不是一束束光，不经意间把台上的同学照亮？

每一个你，都有光芒，所以，别忘了真诚地赞美，别忘了热情地分享，去点亮自己，照亮他人。

孩子，你能懂吗

网课进行到第 40 天，班级什么状况呢？

看上去还不错，听课基本没有缺勤，作业基本没有拖欠。看清楚哦，是"基本"。至于学习效果，不太乐观。

背后真相呢？

家长在工作、孩子两不能误的夹缝里艰难生存，母慈子孝成了传说，鸡飞狗跳才是写照。

老师在日复一日的线上主播生活里渐失笑容，面对收不来的作业，听不到的回应，看不到的学生，无力又无奈。

只有孩子欣欣向荣。

不乏一些同学课认真听，作业按时写，经常得优秀，经常被表扬，不玩游戏爱读书，音体美劳都不误，偶尔还能做家务。这绝对是高配版的"神兽"，来报恩的，没错了。

有的就比较牛了，在钉钉课堂和游戏界面间自由切换，在家长监督或室内监控的扫射中躲雷，在老师的连番呼叫和屡屡催促中装睡，你奈他何？他有的是心眼躲避你，有的是耐心看你生气。

更有甚者，那叫一个虎虎生风，搅得家里无一日安宁，和家长大吵三六九，小吵不住口，家长管不了，不管还憋气，最后，把家长气得离家出走。

但是老师和家长，毕竟是成人。所以，动之以情、晓之以理依旧破不了局，也就学会了自我调适——

家长：不气、不气，是自己亲生的……

老师：不气、不气，又不是我生的……

总之一句话：放下助人情结，尊重他人命运。

你以为老师和家长从此就离苦得乐，过上了幸福生活？

平复心情，老师依然会查看回放，看有没有不听课的学生，点名连线可能走神开溜的调皮娃，给家长反馈孩子的表现情况……

冷静之后，家长依然会给孩子做香喷喷的饭菜，在孩子赖床的时候给拎出被窝，在收到老师反馈后督促他订正作业……

因为，无论是老师还是父母，肩上都扛着太多的责任。

只是——孩子，你能懂吗？

老师们隔着屏幕注视你、关心你、鼓励你，或者批评你、责罚你，都是因为，老师希望你无论以哪一种方式学习，都能自律、自强，成为自己的榜样。学习是有点枯燥，然而放弃学习就一定会更好？游戏和玩耍当然可以让人快乐，但更高级的快乐一定来自挑战自我、学有所获。

所以，老师们不曾放弃你们中的任何一个——你们何其有幸，遇到的老师都如此耐心有爱，又如此尽职尽责。

孩子，你能懂吗？

父母生养你，为你吃最多的苦，给予你最多的甜，安排你学习起居，照顾你一日三餐，他们的日夜付出，在你眼里是否成了理所应当？甚至，你还嫌烦，嫌啰唆，嫌自由少，嫌管教多……可你有没有想过，如果父母从来不曾悉心照顾、用心管教，你会变得更幸福吗？你确定吗？

每一个时代，学生和老师，孩子和父母，似乎都隔着一道无法逾越的鸿沟，不易沟通，缺乏理解，相爱相杀，无法和解。

直到时间的潮水把一代代的孩子推向沙滩，直到你无可避免地长大成人。你会成家立业，你会回望岁月，也许，那时候的你，才会明白，年少无知，是怎样把你最宝贵的时光给一点点蹉跎。

就像我们成人，总会偶尔感慨一声：如果岁月能重来，谁不比现在厉害……

孩子，你能懂吗？

十二月：不做孩子的差评师

比起写作热情和精彩的内容，错别字不是最重要的啊！作为父母，要警惕，不做孩子的差评师。

四个故事

1

开车路上，小 L 打电话来，只叫了一声"老师"就泣不成声。

我急问，发生了什么事？

他哽咽着和我大致讲了一下事情的原委：妈妈给买了一本练字本，非要让他练字，他不依，于是被打了一顿。

我笑着说，乖乖，你这是来找老师告状喽？他"嗯"了一声。

妈妈在一边接过电话，一听就火气未消：我给他买了一本随文练字，让他好好练练，他死活不练还和我吵，让我打了一顿还想还手！

我哭笑不得，这小子长本事了啊！我劝慰孩子妈妈平静一下，让小 L 接电话。

我开着车，只能简单晓之以理，表达态度：

除了老师布置的作业，家长给安排的一概不想写，是吧？很正常，可以理解，换作是我，可能内心也是抗拒的。然而妈妈并不是给你布置其他学习任务，只是让你练字，原本高老师就特别看重练字，而你的字——你懂的，对吧？而且你知道吗，并不是所有的同学都抗拒家长的安排哦！班里很多同学都在暗中努力，比如小 Y 还催着妈妈去买复习试卷呢！妈妈在气头上打你，是妈妈冲动了，你如果真的不想额外练字，可以心平气和地讲明原因，不能没有礼貌地顶撞，更不能去打妈妈呀！娃啊，该道歉道歉，该练字练字吧！不要惹妈妈生气，要知道，妈妈生气，全家都不好过；妈妈开心，全家都开心。

2

佳萱写了一篇周记《老师，遇到你我真幸福》。

不是写的我，是写给数学老师吴丽丽的。

佳萱为什么写丽丽老师？原来，每一次佳萱遇到不懂的问题，就去求助丽丽老师；而每一次，丽丽老师都是不厌其烦地讲解，直到教会她为止。

佳萱写道：吴老师，这一生中我会遇到很多的老师，但您是我心目中最好的数学老师。虽然周记您看不见，但是我会用我的实际行动、优异的成绩来回报您的付出。

我为佳萱感到开心，能写出这样的文字来，这个因为数学不好，一度让家长、老师头大的丫头，该是有了多大的进步！

我给佳萱的批语：我一定会转达给吴老师的！

接着，下载、转发。

不一会儿，丽丽老师发来信息：好感动，好开心。

我回：这就是做老师的幸福。

3

依然是周记。

小 W，这个素来写周记凑字数的孩子，写了满满两页半，字体工整，句句走心。

读第一句话，我就一激灵。她写道：要是当初我没有被生出来就好了！然后，写了小时候几次被妈妈责罚的故事，写了她眼里大人的偏见——大的要让着小的，还有她永远解不开的困惑——到了哥哥那里，她要让着哥哥。

她写道：我觉得，现在已经没有人爱我了。

最后又总结：现在才明白，懂事的孩子没糖吃。

读完，我在她周记后面写下了这样的评语：

> 看了你写的文字，老师很心疼你，想抱抱你。但是也要告诉你呀，妈妈的责骂，甚至惩罚，有时候可能有点重，但一定都有原因，并不是不爱你。老师小时候也有你一样的经历，然而，我还是觉得自己很幸福，因为长大之后才懂得，正是因为父母爱自己，才会如此严厉，"爱之深，责之切"。你长大了也会懂得。

不知道这丫头需要多长时间才能懂这其中的"悖论"——有些伤害，正是因为爱；有些爱，却裹挟着伤害。

我把周记转给了小 W 的妈妈并附言：对懂事的闺女，以后要给予更多的温柔啊！

妈妈发来三个大哭的表情，和我聊了很多养育孩子的辛酸和无奈：付出那么多，孩子却并没有感受到妈妈的好，反而记住了这点点滴滴的"坏"，太难了。闺女写了这么多，写得很好，进步了很多，她很高兴，也很伤心。

我说，我理解。

是真的理解。

我做妈妈十几年，做老师二十多年，亲身经历过、耳闻目睹过太多类似的故事：一个家庭中妈妈付出最多，在孩子那里反倒成了最不讨喜的一个。

为什么？因为妈妈做着做着，就容易成为劳苦功不高的"怨母"：工作的压力，持家的辛苦，管教的无力，都会让妈妈的温柔和笑脸越来越少，然后唠叨、埋怨、责罚，甚至崩溃。所以，孩子看到的，就是一个时而温和时而发飙的母亲。

满嘴说爱，却面目狰狞。

天下的妈妈几乎都是一样的吧。

和小 W 的妈妈聊了许多，末了我说，你可以给闺女写一封信，一定要告诉她：妈妈爱你。别小看这句话。

如何才能在养育孩子的路上一直做面带微笑的仙女？这是摆在妈妈们面前的课题，也是一个超级难题。

把我女儿之前送给我的一句话送给她：谁痛苦，谁改变。

你细品。

4

小 Z 妈妈晚上发信息：高老师，开班会的时候给孩子讲讲打游戏的事情吧，给孩子们做个警告，小 Z 打游戏被骗了六千多！

我的天！

我经常对孩子们耳提面命：小心游戏！小心网络诈骗！竟然还是出现了这样的事情。

原来，二十多天前，小Z偷偷用爷爷的手机打游戏时，在网络上认识了一个人，对方连哄加骗，单纯的小Z就把爷爷的手机支付密码给人家说了。

这些天来，骗子每天都会刷去几十到几百不等的数额。爷爷年纪大了，不太注意短信提示，也没有留意卡里的余额，直到今天，才偶然发现少了钱，一查看，傻了眼。

在家长追问之下，小Z坦白了之前把爷爷的手机支付密码给别人的事。尽管妈妈报了警，但不知道这些钱还能不能追回？

我正在思忖周一该怎么开班会讲，小Z给我发信息：心里很不是滋味，觉得很愧疚。

我电话打过去，小Z叫了声"老师"，声音很低，我能想象到这孩子此刻悻悻的脸。

我具体地了解了一下小Z玩的什么游戏，被骗的过程，家人采取的行动以及他的内心感受，现在他已经深刻地意识到了网络诱惑的可怕，我不用再批评他什么，相信他已经经历了内心的煎熬。

游戏、网络，以及形形色色容易让孩子上瘾沉溺的东西，有时候真的是让家长和老师防不胜防，只能是社会规范治理，老师加强教育，家长做好监管，携手培养孩子的健康爱好，增强他们的防范意识，未雨绸缪。除此别无他法。

不做孩子的差评师

"高老师，我想找您交流一下，麻烦您给晗钰做做疏导。"下午，晗钰妈妈火急火燎地发给我一条信息，接着传过来一张图片，是晗钰写的一篇作文。

今天我留的作业是写《_____即景》，这小丫头洋洋洒洒两页纸，以她的视角，用比较细腻的笔触写了一篇《雨中即景》，观察细致，想象丰富，有几个句子还写得颇有意蕴，整体看，算是一篇不错的习作了。

只是作文上面很多地方用红笔圈出了错别字并进行了订正，一看，就知道出自妈妈之手——我隐隐猜到发生了什么。

晗钰妈妈一番说明，基本印证了我的猜测。原来，晗钰写完作文后觉得自己写得挺好，就找妈妈炫耀，原本是想让妈妈夸她一下，结果妈妈二话没说，先给圈出了满纸的错别字。

满心期待被泼了凉水，晗钰委屈得不行，可是妈妈又说："我承认你的语法和描写都很好，包括书写也不错，但是有错别字总得允许说吧？"

小丫头又气又恼："早知道这样我就不给你看了！"然后满脸是泪，哄不好了。

晗钰妈妈只好来"求助"我，可能觉得这娃能听进我的话吧。

我又读了一遍作文，对晗钰妈妈半开玩笑地说："你有点过分了哈！闺女的反应太正常了，换作是我，以后也不想再给你看了。孩子这个时候，需要的是肯定和鼓励，因为她写作的热情正高涨，你可以真诚地欣赏，然后再和她一起发现问题，比起写作热情和精彩的内容，错别字不是最重要的啊。我们课本里有一篇文章《精彩极了和糟糕透了》，你可以读读。"

晗钰妈妈又说道："她也可能是落差太大了。昨天哥哥班里开家长会，老师说家长应当给予肯定和鼓励。然后，我问他们，是不是我的鼓励会给他们带来学习上的成就感、增加他们学习的动力？他们俩一致说'会'。我说那我每次需要夸你们的时候就给你们写200字的小作文。晗钰是个要强的人，可能想比哥哥优先得到这篇小作文，没想到换来了满脸泪水。"

"比起夸奖，可能期待的破灭给她带来的伤心更多吧。"晗钰妈妈自己总结道。

到这里，我终于明白晗钰为什么哭得那么伤心了。

"不要吝啬赞美。"我敲出了这么一行字。

晗钰妈妈又说："主要她的错别字一直以来是我的心病。"

"我觉得你得写篇小作文给女儿了。随着她年级升高，错别字不是问题，会慢慢纠正过来的。"我试图安抚这个被女儿的错别字困扰的妈妈。

"我已经形成惯性了，总是先去纠错。"晗钰妈妈已经看到了自己一直以来的问题所在。

"那你要警惕，不要做孩子的差评师。"我语气平和而严肃。

"高老师，您一语点醒梦中人。对啊，我们会体谅外卖小哥，只要送到都会给五星好评，怎么到了亲近的人这里，反而逮住小错就喋喋不休、没完没了，他们也都无条件地爱着有瑕疵的妈妈呀！"此刻，晗钰妈妈似乎被"点醒"了。

第二天，晗钰妈妈为女儿写了一篇不"小"的作文，附上晗钰的大作，郑重其事地发了一条朋友圈。

晗钰的作文在朋友圈里收到了很多赞美，当然妈妈的弥补措施也是可圈可点，至此，母女间因为一篇作文闹出来的故事也完美收尾。

各位家长，你有没有无意之中做了孩子的差评师？有则改之，无则加勉哪！

风暴：在叛逆中成长

当你穿越了暴风雨，你就不再是原来的那个人。

——村上春树

三月：亲爱的小孩

在一次次书写中，孩子们复盘学习和生活，梳理内心的角角落落，以描述世界、认识自我。

喜忧参半的一周

第二周，经历过开学初的兴奋和新鲜感，孩子们逐渐找回了曾经熟悉的感觉。

对我而言，喜忧参半。

且看——

专注的孩子会发光

周一，根据学校安排需要更新黑板报，这个任务就落在了负责美工的吕念想、邢誉馨、张艺馨、刘佳萱四个小姑娘身上。我简单交代了黑板报内容，她们就分工合作，利用课余时间动手了。

下午我进教室，一眼看到了基本完工的黑板报。要是以往，她们至少需要两三天时间才能完成，这次速度也太快了吧！

关键是，这次黑板报设计得简单清爽，"开学啦"三个大字稳稳地立在那里彰显主题，配图活泼可爱，内容也符合要求。

我忍不住使劲夸赞这几个能干的小姑娘。看她们神情专注地描摹勾画，我感觉她们每一个都在发光。

嘿！周记

升入四年级以来，我们班一直没有间断写周记，绝大多数同学周记写五六百字不是问题，只是质量嘛，良莠不齐。

这不，第一周周记批改完，我开始点评了。

41 个孩子，有 22 本周记被表扬。周记中的精彩部分我会读给大家听，而张艺馨、田沫然、孙可馨的，我是翻开让同学们欣赏的。为啥？因为图文并茂，生动可人。

我说，批改这样的周记，对老师来说，那就是享受啊！我喜欢从大家的字里行间读到真实的故事，读到你们有趣的灵魂。我也愿意在批阅的时候，写下我的感受和见解，交流就这么产生了，多有趣！

那 19 个同学为什么没被表扬呢？简单地说，就是没有认真对待周记：要么字数过少才一页纸，要么内容空洞写流水账，要么书写潦草难以辨认。

我讲评完把周记发下去，放学的铃声正好响起，于是下课。班长催着大家赶紧出来排队，我一扭头，看到教室里几个小孩专心阅读周记批语的一幕，嘿，赶紧偷拍下来！

那么下周呢？看你们写成什么样吧！

不考试了

原本周五要考试的，所以这一周各科老师一直带着孩子们在急匆匆地复习。

课下总有娃告诉我，好紧张啊，怕考不好。我总是笑笑，说，老师比你们还紧张，我怕看到你们的成绩心脏受不了呢！身边的同学都笑了。

课上，我告诉孩子们，考不好很正常，一是网课的学习效果本来就要打个折，二是经过了漫长的寒假回来，学会的那点知识也忘干净了！所以大家都一样，不必紧张，能复习多少就多少，尽力而为就好。

这才平复好全班的情绪，大家摩拳擦掌开始好好复习。谁承想有消息传来，不考试了！天呢，教室里一下子炸了锅，欢呼、拍掌、蹦跳，大家都不知该怎么表达自己的开心了。

等这一波兴奋劲过去，我站在讲台上，环顾四周，示意大家坐好。

我说："想一想，你们听到不考试为什么这么开心？"

大家马上七嘴八舌说起来：考不好无法面对家长呗，怕挨打挨骂受惩罚，还怕老师生气伤心……

我表示特别理解。然后我告诉孩子们，怕考试，说明我们对自己的努力没有足够的自信，不要紧，无论你是摆烂了还是躺平了，上学期都像一张纸一样翻过去了，而面对新学期，你——除了努力，别无选择。

孩子们看着我在黑板上写下的这八个字，若有所思。

问题不断的男生宿舍

我们班四个男生宿舍分布在两层楼上，二楼两个，三楼两个，这让我每天都是好一顿奔波。

尽管经常光顾检查，但男生宿舍还是不断地出现"故障"。

二楼生活老师喜欢用微信交流，我一周收到他三次微信反馈问题；三楼生活老师喜欢用笔写，于是我就会经常收到他传来的小纸条。

除此之外，在餐厅遇到他们，也是抓住机会就和我"告状"。

男生宿舍的主要问题集中在几个男生身上：爱说话，特闹腾，熄灯后不睡觉，折腾得舍友睡不好，最严重的，是两个孩子打架了！

男生天生调皮好动，我们班这几个男生又特别活跃，属于班里的气氛组，出幺蛾子很正常，再加上这群猴子一样的男孩在家撒野四个月，一下子不会老老实实服从纪律。

怎么办？

先处理打架的，调查半天，俩人各执一词。我发现，孰是孰非也没有那么明确，一个嘴欠，一个暴躁，一点小事就上火了，那就各打五十大板。

断官司的还没理出头绪，那边俩冤家又手拉手玩一块去了！

所以只要不是很严重，孩子间的问题不用太较真，但要讲清楚底线：无论何种情况，绝不允许伤害对方的身体，绝不允许欺凌别人。班级还要共同约定：一旦发现有人争吵甚至动手，所有在场的同学都要及时劝解、拉开、告诉老师。

那调皮爱动能说的呢？这么有能量，就做舍长吧，一荣俱荣、一损俱损，全体舍友和他共进退，让他尝尝责任带来的压迫感。

慢慢来吧，道理谁不懂？从知道到做到，从做到到做好，还有好长的路要走。

喜忧参半的一周……

春天里的小美好

那群曾经在家里放飞自我的小孩子，就像渐渐回暖的天气，在重温了半个多月的寄宿生活后逐渐收心。相较而言，第三周，很美好。

新官上任

上周说到，男生宿舍问题太多，生活老师不断地给我反映状况，搅得我头大。

每次去那两个问题最多的"重灾区"宿舍，看到的都是舍长眉头紧锁、叫苦不迭。

几个总是惹事的"肇事者"，要么是猴一样上蹿下跳无一刻安宁，要么是话痨一般小嘴说个不停。

舍长管不了告诉生活老师，几个皮孩子在老师面前老老实实，老师一走就又翻天。

咋整？

每个宿舍最皮的那个，各自喜提舍长重担。

定下规则，奖惩分明。

只要被生活老师表扬，哪怕是口头上，全体舍友都会有奖励；一旦被生活老师点名批评，舍长负大部分责任，根据情况实施惩罚。

很快——大概是新舍长明玉走马上任的第二天，生活老师就向我反馈，我们班男生宿舍大变样子，整个楼道都安静了不少。

是个好消息！我到二楼明玉宿舍，狠狠表扬了他们一通，还表示一定要奖励宿舍全体成员。宿舍里顿时沸腾了，舍友们围着明玉欢呼，夸奖他做舍长做得好。那个高高壮壮的男孩子，不好意思地挠头笑了。

又过了一天，三楼男生宿舍再传佳音，新舍长秋宇带着宿舍成员积极整理内务，整顿宿舍纪律，为此他们宿舍获得了"优秀宿舍"的荣誉。

哇，这新官上任可不是"奥利给"了，这是"给力奥"！

必须奖励！

大课间的模样

每天晚上吃过饭，有半个多小时的时光，是属于孩子们自由安排的。

有的跑出去打球，有的安静地看书，有的做做手工，有的则三五成群下棋观棋。

我喜欢围观下棋的这些孩子，无论是玩五子棋还是跳棋，他们都神情专注，紧盯着棋盘上不断变化的"战况"，考虑着下一步的"作战方案"，全身心地投入，经常听不见上课的铃声，那叫一个入迷！

有时我会带着全班去操场上撒欢，男孩子瞬间就能跑没影，去玩他们总也玩不够的游戏。也有一些孩子相约着打篮球或者踢足球，玩到满头大汗、满面通红。

女孩子的游戏也是各种各样，老鹰捉小鸡这样的游戏永远不过时，笑声在操场上回荡。

我常常会恍惚，就在这个操场上，一届届的孩子玩着闹着，长大了，毕业了。

诸葛那届，语霏那届……三年又三年，时间好像不断地在循环，可是眼前的孩子，如挡不住的春天、追不上的脚步，匆匆向前。

给绿色做个加法

第一周的时候，我号召孩子们从家里带点绿植。到了周一回来，誉馨一个人带来了四大盆绿萝。这么重，真不知道小小个头的她是怎么带来的。

四盆绿萝长得葱绿肥硕，油亮的叶子显示着旺盛的生命力。

教室南边的书柜上，八个花盆一片沉寂，四个月无人照料，盆里的绿植全部成了枯枝败叶。我把花盆清理干净，想，再栽培点什么呢？

看着长势喜人的四盆绿萝，我翻动一下，就发现它们的根茎已经挨挨挤挤长满盆了。于是，我找来工具，要做个"大动作"。

正是晚自习课间，我负责剪枝、扦插，孩子们负责浇水、搬运。不大一会儿，原本的四盆绿萝和八个空盆变成了十二盆绿萝，浩浩荡荡的一排绿意成为教室的风景。

孩子们惊呼：这也可以！

我笑道："给绿色做道加法而已。"

突飞猛进的周记

点评周记。——孩子们早就翘首以待。

上周优劣对半，没有被点评表扬的娃商量好了一般，这周铆足了劲地写。

于是讲台上的周记就出现了让人大笑的反差效果，一摞 38 本，一摞 3 本。

那三本，都是字迹龙飞凤舞的，也是内容简单凑数的。三个小孩不好意思地低下头，心里会想什么呢？我能猜到。

所有周记一一点评。

女孩子们进步更大，她们似乎找到了写作的乐趣和发力点，生活中的乐事，学习上的烦恼，教室里的经历，都可以是他们笔下的故事，娓娓道来，动辄三四页纸。

有不少同学则向内探索精神世界，图文并茂，将自己的情绪变化展示得淋漓尽致，让我窥见了青春前期孩子们五彩斑斓的内心世界。

徐靖轩的周记有点意思，他把我指导周记的方法给分出三个段位——初级基础、中级写法、终极秘籍。这些都是我随口讲过的方法，他竟然给归纳总结出来，点赞点赞！

感谢周记，给我们提供了这样一个心灵交流的场所。在一次次书写中，孩子们复盘学习和生活，梳理内心的角角落落，以描述世界、认识自我。

愉快的一周就这么过去了，感谢这些零星的小美好。

悄然发生的故事

时间过得好快！不知不觉到了开学第四周，孩子们已经重新适应了寄宿生活，这一周，都表现得不错。

在学校的日子，每天无非就是上课下课，吃饭就寝，看似永远都在重复，可就是在这样的重复中，有些故事在悄悄地发生。

来，打球

记旭同学从四年级就约着我打羽毛球，但我好像一直都有各种事情，能和他打球的机会不多。

周一下午，终于有了空闲，拿起球拍，我们在操场上痛快地打了半小时。

不止我俩啊，还有张益鸣、丁明玉、刘凯文，我们混合双打，旁边还有一群为我们加油的女孩子，甚至，吸引来两个别的年级的男孩加入。

球打得怎么样不重要，重要的是，很嗨很快乐！

妍儿的周记

妍儿是个写作很有灵性的韩国小姑娘，中文特别好，每一篇周记都写得精彩，尤其擅长描写景色、抒发感情，每周点评都少不了被表扬。

这一次，她写到了自己远在韩国的爸爸，因为疫情，已经三年多没有来中国和她团聚了，字里行间透露着对爸爸浓浓的思念，情真意切。

在看多了那种干巴巴的所谓抒"情"作文后，遇到这样以"真"动人的文字，很惊喜。希望我的学生们，都有一颗能感悟真情的心，也都能写出真实感人的文。

"我有一个烦恼"

假如瑞瑶看到标题，一定立即羞红了脸，心会怦怦跳起来，甚至紧张到读不下去。

这个特别容易害羞的小姑娘，从我认识她以来，主动和我说的话不超过十句，上课更是不曾主动举手回答问题。

课后呢，她也是安静地待在座位上，或者和她的好朋友悄悄地说话，有时不声不响地玩个小游戏，从不高声说笑，从不惹是生非，从不靠近老师。

有时候我会故意逗她，盯着她的小脸笑着叫她的名字，她马上就会红了脸，低头赧笑，迅速躲到同学背后。

有几次，我搂过她的肩膀，逗她："老师长得很吓人吗？你咋这么怕我呢？"她就抿着嘴摇头，整个小脸都红了，紧张得像要喘不过气了。我赶紧"放过"她，生怕吓到这丫头。

比起班里那些活泼泼的女孩子，瑞瑶就像一株含羞草，安安静静的，不想被任何人打扰。我一直以为，她就这样和任何人都保持着安全距离，直到——

周五，艺馨被同学惹哭了，在宿舍嘤嘤哭个不停。我去查宿舍，看到瑞瑶抱着哭得涕泪横飞的艺馨，温柔地劝着，贴心地给她擦着泪水。那一刻，我看到了瑞瑶的另一面：温暖，有爱。

翻阅她的周记，我很吃惊地发现，她写到了自己因胆怯不敢和任何老师交流，她对此甚是苦恼。她说，一看到老师，就心跳加速，说不出任何话来……哎呀，这是一个渴望和老师、同学交流的孩子呀，只是，她无法突破心里的那层薄纱。我晓得了。

不着急，也无须烦恼，瑞瑶，总有一天，你会改变的，你会勇敢到自己都吃惊。

你，幸福吗

班里做一份心理问卷，几分钟做完之后收上来，我逐张翻看。

最后一道题：你觉得自己幸福吗？如果幸福，什么事情让你最快乐？如果不幸福，哪些事情让你感觉不幸福？

　　孩子们的答案比较让人欣慰，几乎都是回答幸福甚至非常幸福，原因无非是，有个美满温馨的家，爸爸妈妈都疼爱自己，有好吃好喝好玩的，在学校里有老师、同学陪伴，有自己喜欢的课程，等等。

　　只有两份问卷，让我心头一紧，他们都写的"不幸福"。原因也差不多，因为爸妈吵架，因为他们要离婚。

　　短短几分钟，孩子没有多余的时间斟酌词句，简短的文字直接表达了他们真实的心理。在一个父母之间没有了爱的家庭里，哪怕孩子被照顾得足够好，拥有再富足的物质生活，他们依然感觉不幸福。

　　而家庭的缺憾带给孩子的伤害，恰恰是老师最无能为力也无可奈何的。

　　希望每一个为人父母者，都能给孩子一个温暖和谐的家，这将是孩子安全感和归属感的重要来源，也是送给孩子的最珍贵的礼物。

四月：整"风"

你无法预知孩子会在什么季节发芽，什么季节开花，所以作为老师和家长，需要做的就是耐心地培育，精心地管理，还有坚定不移地信任。

缘起

第六周是比较特殊的一周，不少孩子感觉"不适"，因为老师一直都在整"风"；也有不少孩子拍手称快，因为班级确实需要一次彻底的整改。

在这之前的两三个周，我明显感觉班级风气出现了问题：不论男生女生，都以说不文明话为潮流，个别男生甚至聊起小段子，出口是脏；男生女生之间开始流传"绯闻"，谣言满天飞；沉迷游戏交流经验的特别多，买皮肤买装备轻车熟路；与此同时，同学间矛盾不断，班级整体浮躁……

分析一下原因：

一是学生到了五年级下学期，无论身体还是心理，都进入了一个飞速变化的阶段。寒假开学回来，一些女孩子进入青春期，不少男孩子个头蹿得比我高，成了半大小伙。自我觉醒伴随着认知冲突，他们对异性充满好奇，如果不给予正确疏导，出现问题在所难免。

二是去年一年，学生真正在校上课时间也就四个多月，网课引发的问题日渐凸显出来——那些充斥着暴力、偏见、低俗甚至色情的视频或者游戏，对一些自制力弱的孩子充满了诱惑，班里不少孩子学会了用网络言语攻击辱骂，沉迷游戏不能自拔。

三是很多时候大人并不能给孩子提供真正的帮助。不能否认，所有的父母都爱孩子，拼尽全力给予孩子最优渥的物质生活，不想让他们受一点委屈。然而，面对孩子出现的问题，却经常是无能为力，要么轻描淡写，要么大动肝火，更多的是数落一通、唠叨一顿，道理讲半天，效果一点点。不能走进孩子心里对症下药，所有的教育都是在走弯路。

还有一点，那就是一部分孩子上学期落下课程太多，面对越来越有难度的知识，在学习上渐感吃力，于是转而把注意力放在其他事情上了。

如果再加上一点，那就是周围的孩子也普遍有这样的问题，比如在楼道里能经常听到各种脏话……

面对自身成长的困惑，对异性朦胧的认知，再加上网络内外的环境难以抵制的诱惑和影响，一个孩子如何杀出重围，重塑自己的力量？

刚开学的那两三周，班级还是风平浪静的，估计是因为大家四个月没见面，多少有了些陌生感，对自己约束着，还是想留些好印象给老师、同学的。后来这几个周，班级问题开始浮出水面。

每天都有来办公室打小报告的孩子，于是我每天都有理不清的各种官司，眉头皱了又皱，处理不完的案件一个个积压。

四处灭火不是办法，釜底抽薪才是王道。

采访

这周的故事是从一次采访拉开序幕的。

周一中午，我像往常一样去男生宿舍查寝，男孩子们都在那里说笑聊天，我坐下，一群娃立刻围过来。正好，我现场采访一下。

关于脏话——

咱们班都是谁最爱说不文明的话或者骂人？

这一下就把话题点炸了，他们一个个义愤填膺地"控诉"班级里最能骂人的同学，男女生都有，还手舞足蹈地给我表演。

关于造谣——

你们是不是听说谁跟谁有"绯闻"啦？告诉我呗。

啊？这？男生们不约而同对视而笑，没人抢答，但一看就知道隐藏的信息量很大。

"老师也来八卦一下，是不是你有喜欢的人了？"我对着其中一个男孩子说。

"老师，怎么可能是我啊，我没有！"

"才不是，你那天还说，你喜欢那谁，后来分手了！"

"老师，其实是这样……"

后面就很热闹了，大家七嘴八舌争着在我跟前讲，我觉得好气又好笑，但是不做评价。

关于游戏——

你们都喜欢玩什么游戏？谁玩得最溜？

他们又一次打开了话匣子，谈论起来如数家珍：王者荣耀、和平精英、元神……充值买各种装备，组队一起玩，好友送皮肤……没有他们不会的，只有你想不到的。

最后一个问题：如果没收了手机，也不准上网，你们能受得了吗？周末的时间用来干什么？

"能！"大家异口同声。

"可以看书、写作业、上辅导班、打篮球、和家长下棋、旅游……"

单是听听这近似标准的答案，就挺开心的吧。哈哈，我先信了。

班会

周一班会课如期进行。

我表情严肃，历数班级最近出现的各种问题，痛斥让老师失望的一些现象，表达我整治班风力度之大、态度之坚，台下学生屏气凝神，认真听记。

讲到说话不文明的问题，我问大家：谁从来不说一句脏话的，请站立。结果全班沉默，无一人站起。

我说："如果你出口是脏，那么除了有损你的个人形象，你还顺带损了一下自己的父母。因为，每一个孩子身上，都带着家庭教育的痕迹，你父母的教养素质会通过言传身教影响到你，你如此口无遮拦地说脏话，这不是赤裸裸地丢你父母的脸吗？"

"如果你是骂同学，那就更不应该了。'良言一句三冬暖，恶语伤人六月寒'，懂什么意思吗？"我讲了个关于钉子的故事，"恶言恶语，无疑是那个扎在墙上的钉子，即便拔出，也永远抹不掉那个扎出来的窟窿的痕迹；骂完人即便道了歉，也弥补不了给别人内心造成的伤害。想想，有没有同感？"

全班安静得可怕。

关于谣言。我转身在黑板上写下一行字，"流言止于智者，兴于愚者，起于谋者"，逐句解释，举例说明，然后问道：面对别人兴奋地告诉你的所谓"惊天新闻"，你是愿意做愚者还是智者？"智者！"台下异口同声。我趁热打铁，用孔子误会弟子颜回的故事做了加深，让孩子们深刻地认识到，亲眼所见都不一定为实，那么道听途说的消息，就更不一定靠谱了。

接着我又提出一个问题，进一步启发孩子们内省：大家为什么热衷于制造和传播"谁喜欢谁"之类的谣言？台下多数同学开始放松神经，脸上露出内容复杂的笑容。

"传播绯闻的同学，可能太想得到别人的关注了，也想做一个被人喜欢的优秀的人，只是他用了这样最不可取的方式博取别人的注意。还有最重要的一个问题，喜欢其实可以换一个词语——欣赏。如果某人被喜欢，他的身上，一定有某种值得别人欣赏的品质特点：或成绩优秀，或品行优良，或言行得体，或收拾得干净漂亮，等等。一个没人欣赏的同学，得加油努力；一个被人欣赏的人，要继续保持，要配得上别人欣赏的目光；如果你有欣赏的人，你要向他看齐，争取超过他！大家懂了吗？"

孩子们的表情，有的如释重负，有的恍然大悟，也有的懵懵懂懂——岁月还长，他们有的是时间去领悟。

最后谈最让人头疼的话题——网络游戏。

以前都是和孩子妥协着来，周末回家每天上网时间不准超过半小时。效果呢？全班真正做到的，寥寥无几。

寄宿班的孩子，一周在校五天，一回到家就如同放虎归山：一部分家长觉得孩子一周五天住校心有不舍，周末得给点补偿，好吃好喝地伺候自不必说，对孩子管教也放松一些；还有一部分家长直接管不了，孩子回家关着房门抱着手机一玩大半天，说了不听，吼了没用。

班里孩子绝大多数拥有自己的智能手机，周末时间男孩子抽空就打游戏的比比皆是，女孩子多数热衷于看各种毫无营养的视频。

四年级的时候，班级的孩子曾经一度狂热地读书，而现在呢？周末真正读书或者做有意义活动的孩子，少得可怜。网络游戏和视频，就这么轻轻松松占据了孩子们的世界。这就是现状，如果不去疏导改变，那么网络带给孩子们的负面影响，只会更严重。

是时候下狠手了。

周末回家，上交自己的手机、平板，除非老师布置了需要上网搜集材料或者提交作业的任务，否则任何同学不准触碰手机、平板，家长是第一责任人。先戒网瘾，再言其他。

所有同学一致同意——多数孩子是通情达理的，他们明白老师的用心，也明白自己自律性不强，需要这样的管理。但并不排除一部分孩子内心抗拒，甚至回家偷偷作妖。不要紧，咱走着瞧。

至于效果如何，拭目以待。

我喜欢这样的你

3月，校园里姹紫嫣红，如果不是天气阴沉、春寒料峭，这一周会更加美好。

上周的整顿终于看到点曙光，班级里不再有各种谣言升腾，说话不文明的现象也几乎绝迹。

偷偷上网玩手机的依然有，都是自己承认的。对于控制手机游戏、视频，我一直都知道，绝无可能立即解决，肯定会有一部分孩子手痒难忍、控制不住，这需要家长的配合。——最短两周，最长一个月，争取尽早百分之百戒除。

当班级里不再有各种棘手问题需要老师耗费时间去解决，我也就有了精力来组织好玩的活动。

歇后语挑战赛

之前曾举办过一次单元知识 PK 赛，葛祥润和刘荣鑫胜出，获得了奖品。大家都盼着后续，可后来一再耽搁，现在有了时间，安排！

周一、周二下午吃过晚饭的时光，我们安排了两轮比赛。第一轮还是以知识为主，葛祥润代表他们小组参赛得胜，高兴得一蹦三尺高，大概是没看到其他同学在暗地里摩拳擦掌。

周二晚上，换个花样，挑战歇后语积累，人人都要参加，每组胜出者是"小王"，也有奖品鼓励，最后四个"小王"去 PK，看谁能成为歇后语"大王"。

没想到孩子们的表现都相当出彩。上午还因为常常答不出我的歇后语被我笑话一关也活不了，晚上他们已把功课做得够足，过了一关又一关。每组十个孩子激烈地角逐，最终花落谁家？答案揭晓：王梦涵、韩再耀。

上课铃响了，还有两个小组没来得及比呢。没关系，下周继续。

最好的演讲

这周开始的课前三分钟演讲，上台的大概有五六个同学，比较遗憾的是，孩子们都是目光紧盯着手中的文稿，与真正的演讲相去甚远。

轮到赵洪锐上台了，这个平日里不善言辞的男孩子是本周唯一目光可以直视听众，演讲内容与自己学习生活紧密联系的同学。他从大处着眼，从小处入手，呼吁大家一定注意教室卫生，处理好自己的垃圾。

演讲结束，全班送给他最热烈的掌声。

这个小赵同学，一篇周记能写六页纸，没想到演讲也这么棒。我评价：这才是演讲者应有的样子，这才是值得我们学习的榜样！

做一个高级的人

上周讲了不造谣、不传播所谓"绯闻"之类的话题后，班级里清静了许多。

改周记，看到田沫然洋洋洒洒也写了六页纸，其中一部分内容是关于自己喜欢的人。

她说自己"喜欢"的一个同学，学习优秀，品德高尚，游泳技术强，总之，各方面都特别出色。她知道这种喜欢只是一种欣赏，所以大大方方承认，一点都不怕被人知道。

我为这个丫头点赞！

讲评周记的时候，我把这段话朗读出来，全班同学认真听着，没有一个起哄，更没有一个流露出异样的眼神，还有很多同学向沫然投去钦佩的目光。

我说，拥有出众眼光的人，才会欣赏优秀的榜样，我们都要足够努力，才能配得上别人的欣赏；否则，没人喜欢自己，那得多没劲。

沫然的周记深受我的影响，分不同小标题写了好几部分内容，其中一个小标题就是"做高级的人"。

我被这小丫头的这段文字吸引了——

　　　　这个"高级"，在我看来，就是一种高尚的思想境界，高雅的志趣修养，高深的知识储备，高明的处世之道……

小小年纪能谈到这个话题，想到这个深度，真是不简单。

如果班里每个人都去追求做一个高级的人，我们这个班该有多美好！

冷静下来再说

周五去教室上课，半路上遇到了急匆匆跑过来的几个学生，告诉我，王梦涵和徐子钦正在教室吵架，吵得不可开交。

我快步走进教室。看到我来，正吵架的两个同学各自气哼哼地坐回座位，眼里噙着泪，等候我处置。

我原本想调解的，转念一想，算了，马上上课了，不能占用大家的时间。

于是，我像啥都没发生一样，让该演讲的同学上台演讲，上课铃声响了，我讲课。随着我上课内容的深入，两个同学都恢复了平静的神色，完全投入课堂中了。

课间操时，我凑到徐子钦面前，悄悄地问："现在能心平气和地跟老师讲讲你们是怎么回事了吗？"他完全没有了吵架时的愤愤不平，和我讲清楚了事情的来龙去脉。

　　然后，我又在中午吃饭时问了梦涵，两个人说得基本一致。冷静下来，谁对谁错，当事人都是心知肚明的，不用老师多说一句，俩孩子已经知道该如何处理他们的矛盾了。

　　面对不同性格的学生，有时候管理要灵活一些，在当事人不冷静时处理问题效果肯定不会好。

　　想想，就算成人，谁还没个脾气？一旦冷静下来，什么都不是事。

陶然，一如春天

　　继去年张艺馨登上《当代小作家》的封面之后，今年陶然也成了这本杂志的封面人物。

　　看到封面照片的时候，我真是好喜欢，身穿我们的校服，扎个高马尾，青春气息扑面而来。这是那个因为作业写到凌晨，把妈妈气得要命的陶然吗？是那个网课期间因各种问题让老师、家长头大的女孩吗？我有太多感慨。

　　可是孩子确实在成长，而且是在不经意间。

　　你无法预知孩子会在什么季节发芽，什么季节开花，所以作为老师和家长，需要做的就是耐心地培育，精心地管理，还有坚定不移地信任。

那些小温暖

一周里发生了很多故事，微小且温暖。

比如，演讲抽到周子涵，她的演讲稿丢了，一直在那里找啊找……吴传赫自告奋勇，先替子涵上台演讲，解除了她的窘迫。

可巧的是，后面很快又抽到了传赫，按照规定，子涵得上。她依然没有演讲稿，可是她却走上了讲台。

我心里替她捏把汗，因为，四年级之前的子涵特别内向，老师让她站起来读书或回答问题，她会一声不吭，任老师怎么引导，她就是金口不开。后来，子涵能出声读书，甚至可以回答问题了，但是，她从来没有在讲台上演讲过啊！

我小声问她："你没有稿子能现场演讲吗？要不换个人？"

她声音很低，说："应该可以。"

教室里掌声响起来，大家都看着台上的子涵，心情应该和我一样，充满期待，又非常担心。

可是子涵杵在那里，迟迟不开口，我们都安静地等待着。时间一分一秒地过去，上课铃声响了，看着尬在那里的子涵，我说："这样吧，周末回家再好好准备一下，下次再请你上台。"

子涵点点头，下去了。

大家目光温和、充满理解地看着子涵坐回去，然后，开始听我讲课。

我希望，当子涵长大后回忆起这个春天的演讲，忘记尴尬和紧张，单单记住台下同学温暖注视的目光。

一周过去了，我很想说：亲爱的孩子们，我喜欢这样的你们。

不期而遇的精彩

校园的春天已是汹涌澎湃。我们的班级，遇见了太多不期而遇的精彩。

1

周记交上来，我第一个批阅的，就是靖轩的。

他写的内容是，"这四本书每一本都有插图，每一页都正合我的胃口"，"谢谢高老师推荐的书"……周记上还专门配了有趣的插图，我不禁莞尔：这小孩，太可爱！

说靖轩进步，这事还要从前面说起。要知道，靖轩在这之前的周末，最多就是草草完成本就不多的作业（很多时候是完不成的），我们雷打不动要写要交的周记，他居然都给弄丢了。

我和靖轩妈妈多次沟通交流，建议她多给儿子买书。于是，靖轩就收到了我推荐的图书，也就有了上面的周记。

靖轩妈妈说，周末时间儿子沉迷在读书中，能和她聊一个多小时的读书内容。所以呢，要说本周最有进步的同学，那非靖轩莫属。

2

这个周三的晚自习，无疑是令人难忘的，因为，要去报告厅看电影。

吃过晚饭，我们排好队，整整齐齐地走进报告厅，按照学校安排的坐区，分四列坐在通道两侧，安静地等候电影《革命者》开场。

整个观影过程，没有谁进进出出，也没有谁交头接耳，都在非常认真地观看。每当看到激动人心的情节，孩子们总会不由自主地鼓掌。看得出，这部电影把他们深深地震撼、感染到了。

后来我翻阅周记发现，很多孩子的观后感写得真挚而深刻，电影中李大钊那些慷慨激昂的话语，竟然深深地印在他们脑海中。

还有很多孩子写到，电影中的镜头曾让他们一次次泪湿眼眶，让他们心潮激荡、肃然起敬，那些老师在课堂上讲过的人物和事件，从此在他们的心中变得鲜活起来。

好的影片，是最生动的教材，果然。

3

每周五的周记讲评是大家最期待的，想听老师点评自己的"作品"，想听老师讲述同学的周记，更想从优秀小伙伴身上寻找周记的灵感。

每次我都要讲整整 40 分钟，这一周，关于如何写好周记的干货有点多，拣重要的说吧——

洪锐：写周记的秘诀——自己准备一个小记事本，一周里发生的有趣的、重要的、有价值的事情随手简单记录，周末的时候整理成篇。这周，洪锐写了 13 页纸的周记，就问你服不服！

梦涵：做个生活的有心人。她写了子涵上周的演讲，观察之细致、描写之生动，让我忍不住在她周记本上用红笔勾画了好多精彩段落。

宝贵：谈出自己的观点。很多同学写班级里发生的故事，只是满足于把事情写出来。然后呢？没了！文中看不出自己的观点、态度，而宝贵，总能写出"有观点的周记"。

可馨：善于发现。教室里有一个可爱的长草娃娃，只有可馨用了大篇幅来描写这个草娃娃，文笔细腻，字里行间都是喜爱。是大家不喜欢吗？不是，是可馨更善于发现生活之细微。

祥润：由小事引申开去。我在课堂上给孩子们讲了一个故事，里面有一副有趣的对联，但是我故意卖关子没说下联，让大家去对，对上有奖。于是同学们都绞尽脑汁，只有祥润，他有办法，去别的年级请教老师和同学，一个字一个字地对，结果，一字之差，没完全正确。他非常懊恼，甚至哭了。我告诉他，并不是所有的努力马上都会有收获，所以才需要我们坚持奋斗呀！他瞬间开悟，写到了那些一次次研究失败的科研人员，不正是失败给了他们更大的动力？哈！比起对出下联，祥润这收获更大！

……

一周过去，精彩继续。

五月：输得起，才能赢

只有输得起的人，将来才能赢回来。

总有故事发生

教室里那些悄悄变化的孩子，那些孩子生长出来的故事，多像被春天亲吻过的花苞，让平凡的生活充满希望。

"活该他成功"

一场歇后语比赛，让子钦他们成了班级的明星。

上周，我们见证了比赛的精彩场面，送给了冠军最热烈的掌声。但我不知道的是，子钦为何一战成名。

批改周记时，发现有许多同学描述了那场比赛，荣鑫、浩民、泽俊等，都写到了在比赛前子钦他们是如何争分夺秒地背诵的，不仅仅是自己收集的歇后语，别的同学搜集来的他们也照收不误，"贪心"得很。

尤其是荣鑫的描述，让我看到了子钦那些天默默付出的努力，用王泽俊的评价就是"活该他成功"。

原来是这样的，看似毫不费力，其实背后付出了太多努力。

果真，这世上没有白走的路，每一步，都算数。

不愧是你们

周一升旗，艺馨和陶然被点名上台领奖。两个孩子有点意外，一时间来不及管理表情，带着一脸惊喜和疑惑迈向了领奖台。

原来在周一读书节的启动仪式上，校长要亲自颁奖给在杂志上发表了多篇作品并成为封面人物的这俩娃，每人一支英雄牌钢笔、一本精美的笔记本。

艺馨和陶然也是经常被我在周记点评时点名的孩子。艺馨多因为图文并茂尤为出色的周记，她总是用文字、用图画很细腻地抒发着自己的情感，尤其是最近三个周，她已经把《爱，就在身边》写到了3.0版本，生动活泼、别开生面。

陶然呢，大都因为一度让我和家长头大的作业问题被点名。然而寒假回来的陶然，仿佛变了个人，那个拖延着不想写作业的、那个在学习上讨价还价的丫头，终究是一天天淡去了身影，呈现在大家面前的，是一个全新的陶然。

现在我想说的是陶然上周的周记，她写的是《我和英语有个约定》，让我看得感动，这个丫头，要发动全身心的力量和英语较劲了。想想寒假前，她还是个对英语充满"敌意"、学得一地鸡毛的孩子啊！

想到几个周前偷拍到的艺馨陪着陶然学英语的一幕，我由衷感慨：不愧是你们！这真是，姐妹成对，优秀加倍！

紧张就对了

"我们将牢记使命，让红色基因代代相传！"沫然慷慨激昂的声音刚一落下，台下就响起了热烈的掌声，而最响亮的掌声来自坐在后排的沫然的"亲友团"——9班全体同学。

这是沫然周五参加我们年级红色故事演讲初选赛的一幕。

在掌声雷动中鞠躬下台来的沫然，还带着满心的激动和紧张，好大一会儿，脸上才有了如释重负的轻松。

前几天准备的时候，沫然心里是没底的，她不是个爱"比"爱"拼"的孩子，尤其是听说对手都是演讲台上屡战屡胜的"老将"时，她心里是发怵的。

去报告厅的路上，沫然摁着胸口不停地深呼吸，想极力平复怦怦乱跳的小心脏。我搂过沫然的肩膀，问："紧张是吗?"她连着点了五六下脑袋："老师，我太紧张了!"

我笑了："紧张就对了啊! 每个人上台比赛之前都会紧张，这说明你足够重视这件事，而且适度的紧张可以让人情绪高昂，发挥出更好的水平呢!"接着我又开玩笑说，"没必要太紧张，下面观众不够多，根本不够嚯瑟的呀! 要不——你放弃比赛?"

沫然坚决地摇头："不放弃，要参加!"

我笑着拥抱了一下这个害怕却又坚定的女孩子。

上台前，躲在幕布后面的沫然大概紧张到了极点，但是主持人已经报幕完毕，她没有时间去摁胸口了，深呼吸一下，接着上台。

沫然面朝观众，微笑着走到台中心的位置，稳稳站定，伴着音乐开始了动情的讲述。

声音的把控，情绪的感染，体态的表达，眼神的交流，都超越了她之前任何一次的练习，对于沫然自己来说，超常发挥，堪称完美。

我就说嘛，紧张就对了!

结果是怎样不重要，重要的是，在这个过程中，自身在巨大压力之下经历的"重生"，看到自己由内而外迸发的力量，看到一个更具可能性的自己。

输得起，才能赢

第十一周最重要的一件事，那就是体操比赛了。

操场上从早到晚都有列队操练的班级，整齐响亮的口号和广播体操的音乐声此起彼伏，不绝于耳。

看大家这么"卷"，孩子们坐不住了，于是，围绕着体操比赛，就有了故事。

1

体操比赛，得有领操员。

一开始葛小妹老师根据班级情况确定了两个孩子分工完成领操任务：孟祥哲声音响亮，适合带队喊口令；王梦涵做操动作标准、姿势规范，适合队前领操。

一直都是这么训练的，俩孩子分工合作也挺不错。可是临近比赛，才得知只能有一个领操员。

我和葛老师都很纠结：去掉谁呢？俩孩子各有优势，况且练了这么久了，突然要拿掉一个，实在难以抉择。

领队口令必须得响亮有力，这个似乎更重要一些，权衡再三，只能劝梦涵放弃了。

葛老师在练操的时候提了这个问题，但是看得出梦涵不甘心，于是由我再来和梦涵谈。

梦涵很快同意了，我以为这事就此画上了句号。然而第二天早餐时，坐我对面的梦涵很认真地对我说："老师，我早就已经告诉了妈妈我要做领操员的事，我不想让妈妈失望，所以——我想再争取一下。"

我听后，顿时对这个丫头心生佩服。在两个老师都不支持她的情况下，她依然能把自己的真实想法说出来——且不管结果如何，单单这份勇气，即便是成人，又有几人能拥有？

老师当然会同意呀！勇敢证明自己，这才是梦涵。

操场上，小哲同学先把完整的领操流程来一遍，然后梦涵再来一遍。但显然，喊口令确实不是梦涵的特长，这不仅仅需要声音响亮，还要记住各个环节的不同口令，梦涵手忙脚乱，于是，她心服口服地回到队伍里，小哲继续领操。

我依然为梦涵点赞，虽"败"犹荣。

2

周四下午，比赛时间到了。

五年级各班整队到指定位置坐好，然后按照抽签顺序上场比赛。

10 班第一个出场，我们是第四个。

听着前面班级振奋人心的入场口号，再看看他们整齐划一的体操动作，很多同学都发出了赞叹，然后就开始紧张，再加上本来就热的天气，大概所有人的额头都冒出汗珠了吧。

终于轮到我们上场了。在比赛场地外围整队的时候，我看到很多孩子紧张得表情都僵硬了，那一颗颗小心脏，此刻应该怦怦乱跳了。哈哈，玩的就是心跳！

跟随小哲的口令，孩子们踏着节拍、喊着口号入场，我负责录像、拍照。

两套体操做完，随着退场音乐，我班的比赛结束了。

从场地下来，很多孩子已经满脸通红，又热又渴，我让大家回教室去喝水。

小哲坐在那里眼圈通红，一动不动，一言不发。我问："咋了这是？"他越发想哭了，一脸愧疚地说："我把敬礼给忘了，还做错了好几个动作。"

我笑道："就这事啊，不要紧的，敬礼不是必需的动作，没有评委知道咱们有这个，不会扣分的。你做操出错了也没啥大不了，评委看的是整体水平。"

小哲听了，脸上一下子多云转晴："真的吗，老师？"

"当然是真的，别难过了，你已经很棒了。"

于是，那个精神小伙又回来了，开开心心地和同学一起看起了比赛。

比赛结束，评委开始宣布成绩，班里的孩子都支起耳朵认真听着。听到哪个班级的分数高，他们会拍手加欢呼，当然也暗戳戳期待着自己班的分数"碾压"别的班。

当评委报出我们班的成绩的时候，孩子们都愣住了，怎么这么低？他们纷纷问我名次怎样，我瞅了瞅成绩说，第七。这一下子大家都沮丧极了，没人再说话，一声不吭地带着方凳回了教室。

当我从办公室回来，楼道里有一些孩子在激烈地争吵，原来是获得第一的 10 班和别班的孩子在吵，大概是"第一有什么了不起"VS"第一就是了不起"之类的辩题。

我走进教室，看着一个个垂头丧气的孩子，笑着说："哎呀，这才哪儿到哪儿，我们这一周付出了很多的努力，用了好几节课时间来训练，感觉我们已经做得非常好了，可是成绩不好，说明了什么？说明别人更努力嘛！

"但是不用太难过，更不能'仇视'胜利者，我们应真心实意地为第一点赞，因为他们的优秀让我们发自内心地佩服，他们的努力让我们看到了自己的差距，也给了我们继续努力、不能懈怠的动力。所以，要祝贺他们、感谢他们才对！我们如果能够做到这样，就是做到了输得起。只有输得起的人，将来才能赢回来。"

孩子们听到这里，一下子眼里都有了光。我知道，这场比赛，我们不是输，只是没有赢而已。

比赛之余有个小小插曲，必须得讲出来。

我们班退场后，所有孩子都跑去教室喝水，不多久大家陆陆续续返回操场，嘉琪和几个同学却迟迟没回来。

过了好久，嘉琪回来，递给我一个水杯，是我的。我又惊又喜："你怎么知道我想喝水？"

小姑娘腼腆一笑："你一下午都没喝水。"

我还没感动完，沫然抱过来一个凳子递给无处可坐的我，一看就知道是从我们教室里搬来的。

哇，这都是谁的暖心学生！

这还不够，后来我才知道，嘉琪看到教室里饮水机周围的地板被大家踩得特别脏，她先把那里的地面拖干净，接着又和当时在教室的洺郡一起把教室打扫了一遍。

教室里有这样的娃，做老师的，心里甜。

愿你被世界温柔以待

洪锐回来了!

看到他的那一刻，我高兴坏了，三步并作两步走到洪锐座位前，给了他一个大大的拥抱。

后面每一个走进教室看到洪锐的同学，无不是又惊又喜。据说在我进教室前，好多个男孩子都激动不已地拥抱过洪锐了，他们围着洪锐说了好多话。

事情要从一个多月前说起。

生病

一个普通的周二，一早有孩子告诉我：洪锐晚上肚子疼吐了。那段时间班里有孩子因为感染诺如病毒请假，我担心洪锐也是，就赶紧通知他爸爸带他回去治疗。

两天后，洪锐还没回来，我打电话问他爸爸什么情况，洪锐爸爸说病情还是那样不见好转，准备去医院再检查一下。

等周一孩子们返校了，洪锐依然没来，我有点担心，打电话问，得知洪锐还是呕吐，在区医院没检查出原因来，现正在市医院做检查。

应该没什么大事，就是没有对症治疗吧。我心里猜测着，希望洪锐快快好起来。

住院

第二天下午，洪锐爸爸打过来电话，说终于检查出病因——过敏性紫癜，接下来住院对症用药就行了。

挂了电话，我接着上网搜索这种病症，一般情况下，不都先是皮肤出现问题吗？为什么会呕吐？仔细了解，原来其中一个分型就是洪锐这样的，皮肤没有表现，问题全在脏器里，这病隐藏得可真是太深了，一直的呕吐腹痛把人全误导了。

心疼洪锐受了这些天的罪呀！疾病来势汹汹，但这是可以被治愈的病，我也就稍微放心一些了。

隔天晚上，洪锐妈妈发给我几张图片，却一下子让我浑身发抖，不寒而栗。一张是洪锐的体检报告，内脏 B 超呈深红色；另一张是一个便盆，便盆里是孩子拉出来的红紫的血。

我当即给洪锐妈妈打过去电话问怎么回事。那边的她已经泣不成声，说孩子病情特别严重，医生建议转院，可是洪锐目前身体虚弱，转院很困难……

我当时就蒙了，不是查出病因来好好治疗就可以了吗，怎么会突然这么严重啊？我的眼泪在打转，可是又束手无策。

我给洪锐爸爸打过去电话，他告诉我洪锐病情确实严重，但目前只能先在临沂治疗，一个是北京那边挂号排到一周后，二是洪锐的身体也不允许转院。做父亲的，隐忍所有的心疼和担忧，尽可能平静地和我说了目前的情况。所谓父爱如山，可能就是这样的吧。

实在是太担心，周六一早，我和两位家委妈妈驱车赶往医院，同行的还有洪锐的同桌荣鑫。

因为一直联系不上洪锐父母，我们凭着一张化验单上的信息找到了病房。洪锐看到我们特别开心，尤其是荣鑫的出现，让他又惊又喜。荣鑫很贴心地送给他一个异形魔方，让他住院生活不那么枯燥。

两位家委妈妈代表全体家长来慰问，洪锐爸妈特别感动，一直说着谢谢。

据说洪锐熬过了前几天最痛苦的日子，那天精神还不错，我们也稍微放心了些，聊了一会儿，怕打扰洪锐休息，就回来了。

班里孩子不时问我，赵洪锐怎么还不来？

我没告诉孩子们实情，怕他们担心，怕我会绷不住流泪。洪锐经历了十几天的腹痛、呕吐、禁食，双手几乎日夜不停地打针，这样的病痛，成人都难以忍受，可是他，不哭不闹硬是咬牙坚持，他懂事的样子太让人心疼。

转院

我一直关注着洪锐的病情和治疗情况。

一周后，洪锐爸爸告诉我，北京那边预约成功，可以转院了。

太好了！

在北京医院的治疗是不让家人陪护的，这又让我莫名担心起来——漫长的时间如何打发？

几经周折，我加了洪锐的微信，问他想要什么礼物陪伴在身边，他非常有礼貌地谢谢我，说不用。

我坚持说要送他一个他喜欢的东西，让他不用客气。

他想了想，说，那就《哈利·波特》。

我笑了，真不愧是我的学生——原本我就想送一套书的！

第二天，图书就送到了洪锐爸爸在北京住的地方，他很吃惊，说，这么多书洪锐看得完？我说，放心，也就够打发这住院的时间。

后来洪锐告诉我，他平均两天一本。真厉害！要知道，一本可是好几十万字！

孩子们一直问，洪锐到底怎么了？那天，我没忍住，就说了。

结果全班都哭了，他们没想到洪锐生那么严重的病，受了那么多罪，还那么勇敢坚强。担心，同情，佩服，心里五味杂陈。几个和洪锐玩得好的男生，一直哭到中午午休。

周五临近放学，传赫突然站起来："老师，我觉得我们应该捐点钱，表达一下对赵洪锐的关心。"一呼百应，所有的孩子都同意。

周末，很多家长跟我联系，说如果洪锐后续治疗花费太大，只要洪锐的家长说一声，每个家都会伸出援手……我征求了洪锐爸爸的意见，暂时是不需要的。

第二周回来，有好多孩子带了钱，少则几十块，多则600元、800元，甚至1000元的都有。我给孩子们说，我们的上限是200元，表达心意适可而止，然后就把多余的钱退给了这几个孩子的家长。

统计出钱数——5151元，我开玩笑说，看样子洪锐五一前一定能回来。

归来

五一放假前，洪锐爸爸告诉我，马上要去北京接儿子，医生说可以出院了。

太好了！

于是就有了五一假期后开学回来的那一幕——见到洪锐所有人都欢呼雀跃。

只是洪锐身体还没有完全康复，比较虚弱，要吃药，要忌口，要注意休息。

全班同学都小心翼翼地呵护着洪锐：陪他玩耍解闷，扶他上楼，关注他的餐盘，不让任何他不能吃的饭菜入口……

洪锐不能吃含有蛋白质的饭菜，我给分管校长和分餐老师说了之后，他们就给洪锐的餐盘单独盛饭菜。有一个阿姨怕他不够吃或者吃不好，还专门给洪锐另外再端过来一些素菜。

洪锐是特别争气的。尽管耽误了一个多月的课，回来接着做我们的期中语文卷，他竟考了 90 分，这让其他同学既惊讶又佩服，甚至说是"肃然起敬"，因为，这份期中卷难度比较大，全年级 90 分以上的不多。

洪锐也特别用功。知道自己落下了课，每天课间操时，他都会主动找老师去补课。课余时间，他要么自学，要么看书，依然懂事得不像话。

这样的孩子，值得被世界温柔以待。

六月：少年烦恼知多少

　　进一步倾听、共情，采取一些方式，或联系家长，或约谈同伴，尽可能地提供一些可行的建议，让这些被烦恼"纠缠"的孩子，丢掉包袱，轻装上阵。

几家欢喜几家愁

　　五一之前的期中考试，让很多孩子紧张不已。

　　去年反复出现的疫情，打乱了正常的学习生活，学校接近一年没有组织过正式考试了。孩子们不清楚自己的学习程度，老师不知道学生的实际水平，家长也掌握不了孩子的成绩状况。考试，有时候作为一种检测和反馈，是真的很有必要。

1

　　考前，孩子们的状态不尽相同。

　　或踌躇满志，摩拳擦掌：有的孩子对即将到来的考试特别期待，一年没考试了，是时候展示一下自己的真功夫啦——老师请出题！

　　或激动不已，紧张不安：一部分孩子比较紧张，上学期荒废了一段时间，这学期又没有跟上老师的节奏，考不好可咋办？

或卧薪尝胆，"卷王"出山：你看吧，每天中午或者晚上放了学，总有一些孩子带着各种学习资料到宿舍，躲开舍管老师的巡查，争分夺秒、孜孜不倦地学。

或泰然自若，胸有成竹：少部分的孩子是自信满满、稳如泰山的，平时学习扎实，心态摆正、成竹在胸。

或无关痛痒，漠不关心：考试？考呗。你考你的，我玩我的，老师要考试关我什么事？我考不好又关你什么事？

真是众生百态。

2

成绩出来了，整体考得不好，没有达到预期，于是都很沮丧，哀鸿遍野。

这个结果给大家敲响了警钟。为什么会这样？脑袋都很聪明，为什么没能取得理想的成绩？

刨根问底，对照试卷，分析一下缘由吧。

小学知识比较简单，可是有很多失分，这说明什么？课堂上的知识没有掌握牢固。

为什么老师讲过的题目不会做？课上认真听老师讲课了吗？是不是上课走神、说话、做小动作了？如果单单自己没听也就罢了，再扰乱课堂纪律影响全班呢？这破坏力太大，简直不可原谅了。

认真听了但还是出错的同学，课上听懂了的地方做练习复习了没？多少人属于一听就会一做就废啊！老师布置的作业，就是对课堂知识的温习巩固，要知道，你认真对待的每一道题目，都是自己的加分项呀！

如果听课了，复习了，掌握了，还出错了呢？那就要审视自己的答题习惯了，认真读题目要求没？有没有理解错了题意？书写工整无误吗？有没有笔下误？语文写错部首、英语写错单词、数学漏掉单位的是你吗？答题完毕有没有仔细检查核对？

道法、科学两门课，几乎都是拼记忆力，课上理解透彻，课下熟记背诵，只要思想不滑坡，背过的知识点一定多。就是怕懒惰，看着密密麻麻的资料，背的时候偷工减料，考试时就会抓耳挠腮。

我们付出一百分的努力，都未必取得九十分的成绩，因为不乏有很多题目来自课外，那你要是付出八十分甚至更低的努力呢？考不好自然就是必然。

当我们比别人考得差时，要清醒地看到，人家确实付出了更多的时间、更多的努力啊！

3

总是在面对成绩的时候，才看到几家欢喜几家愁。

那么还等什么，调整心态，重整旗鼓，继续奋斗吧！

少年烦恼知多少

某天，荣鑫妈妈在群里转发了一个小视频，内容是老师对孩子关于烦恼的随机采访，里面的孩子说到动情处，无不是泪眼婆娑。

家长提议也来采访孩子，听听他们的心里话。我说，当着镜头说出来可能够呛，但是可以写出来。

于是有了周记的话题——说说我的烦恼。

倾"听"

这绝对是有史以来我批改周记最耗神耗时的一次，不得不说，甚至有点后悔——几十个孩子的烦恼心事，压得我喘不过气。

如果把孩子们的烦恼分类，粗略可以分为这么两种：

（1）来自学习的压力

在大人眼里，可能小孩子都是只想着玩、不想学习的吧。其实，没有孩子不想好好学习、不想考出优异的成绩。学习好的烦恼可能就一个，家长和老师会一直期望他继续超越自我，成绩落后的烦恼那可就多了去了。

他们要么是对学习不感兴趣，上课走神，考试垫底早晚被批评；要么是没有打好基础，不能掌握方法，成绩怎么也追不上；要么是家长强制给报的各种辅导班自己并不喜欢；要么是来自学习的压力让自己屡屡崩溃……还有一种，是压根不知道学习的意义是什么，不知道努力的方向在哪里。

写这个话题的孩子，学习对他们来说，就像一座难以逾越的高山，他们被种种困难压在山脚下，举步维艰。

（2）关于成长的困惑

五年级的孩子，个性逐渐彰显，自我意识开始增强，他们很注重别人对自己的评价，私下里小圈子的影响对他们来说非常重要。

在脾气和情绪的控制上，他们就像浑身长刺的刺猬，一碰到不合心意的事情就开始动怒。同时，敏感、叛逆、嫉妒、失落、自卑、孤独等一些负面的心态感受也会经常出现。

现实生活中会遇到被朋友孤立、遭同学嘲笑、跟舍友闹矛盾、被传谣言、总是改不了坏习惯、自信屡受打击等情况……真是烦恼多多。

当然，也有一些孩子写到了父母家庭带给自己的阴影：家长脾气暴躁，管教方式简单粗暴；一家人争吵的时候多，和睦的时候少；父母忙于工作，疏于陪伴，偶尔在家，也是手机不离手……

倾"听"这些孩子的烦恼，才知道，看似无忧无虑的小小少年，其实内心也是波澜起伏、丰富多面。

畅"聊"

关于学习、成长等共性的话题，我是在班会上讲的，大家一起讨论、一起分享，逐渐认识到，这样的烦恼，不是谁的专属，而是我们在长大的路上司空见惯的问题。不用逃避，更不用恐惧，见山开路，遇水搭桥，总会解决的。

剩余一些个性化的问题，我是逐个和孩子们聊的。于是就有了走廊里的谈心场面。

在我看来，对于被烦恼包围的孩子，进一步的倾听、共情很重要。作为老师，要采取一些方式，或联系家长，或约谈同伴，尽可能地提供一些可行的建议，让这些被烦恼"纠缠"的孩子，丢掉包袱，轻装上阵。

念念不忘，必有回响

期中考试前，有几个孩子老在我面前念叨：老师，我们什么时候还能和温州的朋友们通信啊？

结果没几天，温州的飞琴老师就和我联系了，说她的学生也心心念念着我们呢。你说巧不巧？

于是我们约定，等孩子们期中考试结束后，找个合适的机会，再把书信活动搞起来。

距离上次写信已经过去一年多了，两个班都有不小的变动，有转走的，也有新转来的。我和飞琴需要把两个班变动的孩子各自标注，然后再去给匹配新的朋友。

一切准备妥当，当我告诉孩子们这个消息的时候，教室里沸腾起来了，一个个喜上眉梢。发下信纸，大家立刻动笔——这一年，我们想要和远方朋友分享的经历太多了，去年大半年的网课，还有如今五年级的新生活，简直不知该从哪里说起。

等等，书信格式是什么样的来？很多孩子拿着信纸陷入沉思。四年级学会的东西，看样子都还给老师了呀！

我觉得好气又好笑，在黑板上示范了书信格式，大家这才动笔书写起来。

我下去转了转，孩子们写得那叫一个专注，拿出了最认真的态度一笔一画书写，一张纸写满还不够，再来一张。

全部写完，发信封，写地址，贴邮票，一切搞定。

原本我要寄快递的，一是速度快，二是有不少孩子信封里装了小礼物，鼓鼓囊囊的，邮局怕是走不了。

飞琴觉得走邮局比较有意义，盖着邮戳的邮票，现在可是比较难见到了。

想想也是，这个社会，什么都讲究一个快，不知不觉少了很多乐趣。那就去邮局。

周五，我带着41封信来到邮局。

邮局这边，寄件处应该是最清闲的了，里面只有一个工作人员，气定神闲。我说来寄信，她有点吃惊——确实，在微信语音视频主打一个快捷的时代，谁还会寄信呢？

我给她讲明了原委，她开心地接过我这几十封信，一封封地放在小台秤上边称重边和我聊了起来。

原来，现在国内寄信件 20 克内 1.2 元邮费，超出重量再加 1.2 元，当然，不出市的只要 0.8 元邮费；信件里不能夹带乱七八糟的东西，尤其是绝对不能带钱币。

一边说着，她就分拣出来了五六封信件，有的夹带物品，有的鼓鼓囊囊的超重。我把信拆开看，哭笑不得，贴画卡纸什么都有，竟还有一个硬币！

按照工作人员的要求，我补足了邮费，这才把信顺利寄出。

四天后，飞琴给我发消息：收到信啦！这不是挺快嘛，看那边的孩子一个个高兴的样子，隔着屏幕都能感受到他们的幸福。

我们这边呢，孩子们天天来问我，信来了没？看他们那一个个急不可耐的小样，我非常理解，当年，谁还不曾天天去传达室扒拉着找自己的信件呢？

终于，在六一儿童节那天，温州小朋友的信从天而降，这让班里的同学一蹦三尺高，兴奋得发狂，没有比这更好的礼物了！

是的吧，念念不忘，必有回响。

你们的节日

早就盼着那一天啊！你们的节日，对你们来说可是大事。

准备

一周前，不，两周前，你们就兴冲冲地开始了准备。

所有想要参加节目的都去找妍儿报名，她负责统计。

歌曲、魔术、拉丁舞，相声、小品、课本剧……妍儿密密麻麻记下了好多，大家的热情很高啊。

中午时间，几个参演节目的同学留下来排练，据说是一个混搭风的开场舞，居然还有一个男生参与，不是别人，竟然是看着跟舞蹈不沾边的徐靖轩。

当然，其他节目也都在悄悄地准备。再次核对节目单，发现个别同学报了四五个节目，于是限定每人不超两个，最后确定名单。时间有限，大家都去精心准备了。

还缺主持人，缺 PPT，缺背景音乐。

六七个孩子竞选主持人。好，现场来一段即兴主持。每个人给一个节目，作为主持人即兴讲出串词来，有难度吧？

几个孩子轮流来，很新鲜也很刺激，最终梦涵和传赫略胜一筹，主持人敲定。

PPT 和背景音乐呢？交给誉馨和佳萱了，她们利用课余时间，在我的电脑上加班加点制作，PPT 的配图、文字、特效，音乐的下载、剪辑、合成，全部由两个小丫头操作完成。

还有一个最重要的事，零食都带好了呀！周一带来，周三才能吃，这两天可真是煎熬，孩子们每天去宿舍里打开橱子，看看、摸摸、闻闻，咽一下口水，想象一下六一那天大快朵颐的幸福。哎，那一天快点到来吧！

狂欢

周三上午，激动人心的时刻终于到了，在操场顶着大太阳看完学校的演出之后，我们班的节目正式开始。

昱晓妈妈带来了一个超级大的蛋糕，我们一起先拍了一张全家福。梦涵和传赫的开场白后，音乐响起，妍儿他们的秀舞组合炫酷登场。

还别说，开场的走秀挺好看，墨镜一戴，又酷又拽。妍儿是在全国模特大赛舞台上拿奖拿到手软的角儿，她们这一组走秀动作应该是妍儿指导的吧，一出场就特别带范儿。

后面画风突变，《好运来》的音乐，广场舞的动作，主打的就是一个搞笑，台下欢呼起来。

接着，是小品、相声、课本剧，孟祥哲还专门制作了一个木制矛和盾，真是用心了。还有浩民的魔术、一诺和嘉琪的拉丁舞也很惊艳，大家掌声不断，喝彩不断。

在吃喝玩乐中，两个多小时过去了，最后的几首歌曲，都是合唱，大家来到舞台中间，边唱边跳，好不欢乐。

零食吃到饱，气氛嗨到爆，这就是六一啊，快乐无价，回忆无价。

回想去年六一，事事还都需要我亲力亲为，而今年，大家已经各司其责，分工合作，能够组织一场像模像样的六一演出了。

到了明年，你们又会怎样去度过小学最后一个六一呢？你们，又会给我一个怎样的惊喜呢？

希望你们呀，在长大的路上，拥有简简单单的快乐。

谈谈初心

那天一进教室，就看到几个男生围着刘荣鑫在争辩着什么。

我在一边听了半天，大致听出来是荣鑫当天出的数学挑战题写错了题目，导致一些兴致勃勃做出来的同学答案也错了。

这原本也不算什么大事，可是我们有约定，前五个做正确的同学各奖励一根棒棒糖，于是这事有些难办了，糖得不到了。这不大家义愤填膺，在围着荣鑫声讨。

再耀声音最高，情绪也最激动，我喊他半天他都没听见，最后坐回他座位上，神情还是悻悻的。

我示意大家都安静下来，然后问："我们每天出一道数学挑战题的目的是什么来着？还不是为了激发同学们挑战数学难题的兴趣，让大家在课余时间做点有益有趣的事？这就是我们的——初心。"我把"初心"两个字写在黑板上。

什么是"初心"？

比如，去年暑假我们一起进行的写作挑战，最初的念头就是趁着假期有空闲，让一部分有兴趣的同学写起来，在提高我们写作水平的同时，还锻炼毅力。毕竟在那样一个容易慵懒的暑假，挑战连续30天写作是需要勇气的。

那个最初的念头，就是初心。

"可是，没想到的是，写着写着，我们写出来太多意外惊喜——足足写了26万多字，每人结集一本书；有多篇文章发表，有人成了封面人物；被担当者行动橡果书院宣传，我们的故事被全国各地的老师们所看见……"我问，"这些，又是什么呢？咱班呀，可能就张艺馨知道。"

大家齐刷刷看向艺馨。

我不卖关子了，在黑板上又写了几个字：额外的奖赏。

艺馨和我相视一笑。

在艺馨读过的一本叫作《特别的女生萨哈拉》的书里，讲到过这个"额外的奖赏"，简单地说，就是在我们努力做好了某件事之后的意外收获啊。

我们做任何事情，都别忘了初心，别忘了我们为何出发。只要我们保持初心，努力做事，结果一定不会太差，说不定，还会有意外惊喜，那就是额外的奖赏。

孩子们会心一笑，刚刚那几个声讨荣鑫的同学也早就心平气和了。

最后的最后，我说，那本《特别的女生萨哈拉》不错，值得一读！

光合：从庆典到桂冠

只要上路，总会遇到隆重的庆典。

——米切尔·恩德

九月：被"玩坏"的周记

长长的路，我们慢慢地走，我是老师，也是同伴；是教练，也是学员。道阻且长，我们一起走在学习的路上。

你好，六年级

1

搬教室是每个秋季开学前的必修课。离开学还有好几天，一诺妈妈、沫然妈妈、念想和舅妈、泽俊和小表哥一行人就作为义工参与了这热火朝天的劳动。打扫新教室卫生，清理垃圾杂物，把我们原来教室那么多的书本、柜子和其他物品全部搬运过来。

一下午时间，每个人都满头大汗，几个孩子衣服都湿透了，但是，当大家看到被整理得清清爽爽的新教室，心里又是无比欣慰和自豪。

开学前一天，凯文妈妈、昱晓妈妈，还有好几位家长又来到教室，用心布置，很快教室就被这些漂亮的气球和用心的礼物将氛围感拉满。

我送给每个同学一本书，是我最敬慕的干国祥老师和陈美丽老师编写的《晨诵课》。小学最后一年，我希望，送给这群少年最美好的诗歌。

2

在被五颜六色的气球和礼物装饰的教室里，在摆满鲜花的讲台上，我忍不住回忆：

两年前，初相识。那个时候，大家还是一群小不点，结束了三年级的学习，开学成为四年级的小学生。

第一次见面，我给每个同学拍了一张照片，孩子们的个头都不高，满脸稚气，略带羞涩。第一节课，我们聊得很开心，大家期待我这个新老师上课要有趣，不要布置太多作业，不要布置写日记、作文……

然后我们开始了在时间、在教室、在书本、在文字中的"旅行"，老师果然也没有让大家失望，上课尽量做到有趣，作业从来不多，只是——关于写作，有点特殊，成功地"骗"着同学们从畏难怕写到轻松驾驭，从抓耳挠腮到下笔千言，两年，就这么一路写了下来。

很多同学发表了文章，十几个同学拥有了自己人生中第一部作品，两个同学成了杂志封面人物。大家的知识一点点累积，写作一周周坚持，回头去看，每一个同学，都成了那个最好的自己。

开学日，踏进新教室的每一个同学，个头都长高好多，一扫脸上的稚气，扑面而来的，是少年特有的青春气息。

真喜欢现在的孩子们，见识更广，思想更深，我们便可以在更深邃、更广博的层面去探索未知，去发展兴趣，去开疆拓土。比如学习《论语》、诵读《吉檀迦利》；比如开启 TED 演讲、进入电影专题……

长长的路，我们慢慢地走，我是老师，也是同伴；是教练，也是学员。道阻且长，我们一起走在学习的路上。

3

新学期，班里转来了五位新同学，大家都好兴奋，迫不及待地想认识一下。

孩子们永远热情似火，每来一个新同学，孩子们必然争着上前表示欢迎，介绍班级，介绍自己。记得林秋宇刚转来的时候，一群男孩子热情地围上去，差点把小林同学给吓到。

去年暑假，振宇和俊伟转学，一度让大家失落不已。共同的班级生活，让这群孩子越发亲密团结，感情真挚，亲如手足。

我告诉大家，缘分就是这样的，我们有幸结伴同行，舍不得每一个突然转走的同学，但一年后，所有的同学都会面临毕业分别，这是成长必经之路，谁都没法改变。

那么，最后一年，我们该如何珍惜缘分、珍惜时光？如何在小学最后的赛道里，创造价值、增长能量？如何让童年饱满有力，让青春闪亮登场？

孩子们若有所思，眼神变得深邃起来。

好事多磨

好事多磨，这个词用来形容我们的暑假分享会，再合适不过。

开学前就准备了，原定上周四晚上进行的，但学校安排收看《开学第一课》，只能作罢。

推一天，周五可以吧，然而下午我的两节课又被搬书、搬资料、发书等占据，我告诉大家，别急，正好利用周末进一步完善。

于是就到了这周。

周一上午得学新课，不能占用，目标锁定周一下午的一节课外活动时间。

结果呢，依旧因为年级安排的一些事情计划落空。

那晚饭后的半小时呢？毕竟我们的分享会一节课时间肯定是不够的，如果利用起来，再加一节晚自习时间应该差不多。

然而，吃过饭，大家告诉我，体育老师要求每天下午跑几圈，锻炼身体、增强体质，因为我们班同学身体素质太差，体育课上发现很多学生体力不支。

那这得支持，于是大家都去跑步了。

等一个个满头大汗上楼，凉快下来，晚自习也到了。看看黑板上老师布置的任务，我思考片刻，先完成作业吧，毕竟这是开学第一份晚间作业，得保质保量完成。

时间来到周二，正好我下午有两节课，连在一起时间刚刚好。我心想，这回总可以了吧？

结果上午第四节课，音乐老师因事要换我的第八节课。下午第七节课，当我兴冲冲地准备宣布分享会终于可以开始时，心理老师来了，告诉我她的课安排不开了，需要上这节。

我内心五味杂陈……好吧，毕竟心理课大家发自内心地喜欢，那就上。第八节，音乐老师如约去上课了……

果真是，你有你的计划，这世界另有计划。

周二不是我所教学科的晚自习，那只能再延后……

周三吧，下午有两节课，不能再出现其他情况了！我咬牙切齿地想。

终于，周三下午，我们的分享会开始了！

妍儿第一个上台分享去英国研学的经历。正当大家一边欣赏异国风情一边津津有味地听妍儿的讲述时，诡异的一幕出现了：电脑屏幕仿佛被施了魔法，光标不停地闪着四处流窜，被光标点中的地方接连出现各种菜单，妍儿的分享不得不数次停下。关掉重来，还是这个样子。

简直让人抓狂。

还好，镜头下的英国实在是精彩，再加上妍儿的生动讲述，让大家大饱眼福，弥补了电脑出现故障的遗憾。

课间，请了电脑技术老师来给检修电脑，确保不再出现故障。

接下来，洺郡分享了他去新加坡的游学历程；荣鑫讲述了去台儿庄九间棚的见闻；一诺回顾了呼伦贝尔大草原的美丽；传赫、艺馨展现了魔都特色；靖轩带大家感受了珠海这一南方城市的风光；佳萱的PPT被魅力海滩占满……

两节课结束，还有四个孩子没有分享，大家意犹未尽，但只能等待第二天了。

周四下午，再次启动分享。

凯文上台了，他和妈妈制作的PPT特别用心。在凯文不紧不慢的讲述中，大家一起走进尼山圣境，了解了"勾心""斗角"的古建筑，看到了万世师表孔子的巨大雕像，知道了各种有趣的历史故事……凯文讲完，教室里掌声雷动。

轮到沫然，一页页精美的PPT中，深藏着新疆的美景、美食、美事，沫然兴致勃勃地讲述在新疆一个月的见闻，蓝天白云、雪山草地，湖泊清澈、骏马奔驰，关键是，新疆的美食太多了，色香味俱佳，看到最后，大家都看饿了。

梦涵带来的演讲是关于青岛旅行的见闻，葡萄酒博物馆的悠久历史，海边礁石的浪漫风情，等等，她娓娓道来，引人入胜。

最后一个上台的是峻铭，这个刚转学来的男孩子，给大家分享的是自己去深圳、珠海的研学故事，简短，但有趣。

在掌声中，耗时三节课的暑假分享活动结束了。

最后，我说："虽然暑假分享一而再再而三地遭遇波折，但是，最后大家看到的，是不同的精彩。感谢同学们分享各自的暑假，我们看到的每一张照片，都散发着来自广阔世界的无穷魅力；无论什么时候，大家有机会都要去外面的世界走一走看一看，去看看这个世界不同的样子。观世界，才有正确的世界观。

"还有一个启发，那就是——一定要学习演讲，会讲话的孩子简直太酷啦！后续，我们要把这项活动继续搞起来。"

我们的暑假，落幕在 9 月。

我们的故事，开始在秋天。

这一周，很欢乐

第五周，很欢乐，因为就四天在校时间，四天之后是整整八天的中秋和国庆节假期。

大家脸上都有着难以言说的喜悦，教室里弥漫着一股甜味。

另一种味道的体育课

这学期，温柔可亲的葛小妹老师请假，体育老师换成了高高壮壮的李老师。

第一节体育课回来，很多同学就叫苦不迭：这个李老师，一点不温柔，说话掷地有声，号令铿锵有力，纪律严明，铁面无私。

大家纷纷吐槽，体育课要做各种中高强度的运动，关键是李老师的体育课范畴可不仅仅是一周三节课，他还要求每天晚自习之前去操场跑三四圈。

因为李老师发现，班里胖墩儿多，瘦猴儿也不少，旱涝严重不均。其中一个共同特点是身体素质普遍较差，体育课上气喘吁吁的大有人在。所以单靠三节体育课是不行的，平时必须加强锻炼。此外，要求大家多喝牛奶，争取一年内长高10厘米。

对这李老师，大家"敢怒不敢言"，只敢在周记中向我吐槽。尽管体育课上变成了"四脚爬行动物"，尽管跑圈锻炼累得满头大汗，大家还是都乖乖去完成了。

就这样过去了四周，大家在体育课上还好吗？体育老师在大家心里有没有变成洪水猛兽？

我非常好奇，于是就特别关注了一下相关的周记。

没想到，这一个月，体育老师的形象在大家心目中来了个180度的转变。那个虎着脸很严肃的李老师，原来有如此有趣的一面！那曾让大家叫苦不迭的体育课，原来有这么明显的训练效果啊，大家都感觉自己的身体变结实了。

更有趣的是，同学们及时捕捉到了体育课上的小细节，并且用文字给生动还原了。

于是，这以后的体育课，慢慢有了味道，有趣的味道。

陶然老师的英语教学

我差点后悔。

周末陶然妈妈向我"告状",说闺女就是不背英语课文,但这是老师要求会背的呀。

我让陶然接电话,和她约定:她周末背会,返校来做我的英语老师,负责把那段课文教会我,我也保证能学会。我当时想的是,学一段课文还不简单,我还怕它?

结果呢,周一到校一看那几段英文,那么多不认识的单词啊!现在小学英语都这么难了吗?我挠挠头,有点慌。

周三晚饭后,我郑重邀请陶然老师给我上课。当然,周围有一群看热闹的吃瓜小群众。

陶然老师先读了一遍,我听得一头雾水,跟着读却总也读不顺溜,大家开始笑。

我抱着谦虚好学的态度再次请陶然老师领读并讲解,还是不行,记不住。

妈呀,我的脑子大概是抹了油了,总是那么顺滑地忘了单词发音,犹犹豫豫发出各种不确定的音,大家笑作一团,纷纷上来帮助纠正,恨不得把那些句子塞我脑袋里。

但是大家对我真是够有耐心的,一遍遍地教。我一遍遍地练,再一句句背出来。当我最后磕磕绊绊终于完整地背出来,大家不约而同地送给我最热烈的掌声,比我还激动,仿佛这是他们的胜利。

这一次学习,让我对于"熟读成诵"有了更深刻的理解,对于"耐心"和"鼓励"有了最温暖的体会。

所以啊，谢谢陶然老师和其他各位"小助教"，感谢你们带给我的这一次难忘经历。

被"玩坏"的周记

孩子们的周记写了两年，我越来越发现，大家已经将周记"玩坏"了。

Plus 版游记

9 月开学归来，班里组织了一次"暑假去哪儿了"的假期旅行分享活动，很多孩子积极踊跃地报名，十几个同学做了精彩 PPT 上台分享，从南方海边到北方草原，从网红景区到名胜古迹，从国内旅行到国外游学，大家热情分享，让台下同学大饱眼福。

邵晗钰没有分享，原来她是被一丝胆怯绊住了手脚。自己暑假里明明去了一些地方，有很多值得分享的经历，可上台分享的机会已经错过，怎么办？小丫头灵机一动，写进周记。

这是一篇怎样精彩的周记？全篇以生动流畅的文字叙述旅游见闻，打印景点图片粘贴上去辅助介绍，移步换景，娓娓道来，好一篇图文并茂的游记！

讲评周记的时候，我特意把晗钰的投屏给同学们看，也算是弥补了一下她没有上台分享的遗憾。

国庆节回来，晗钰再一次洋洋洒洒写了七八页的游记。这一次，我给全文复印，贴到教室后面黑板上展览，于是大家就看到了周记 & 游记 Plus 版。

插图趣多多

在周记里插播小图画，追溯起来，这可能是受张艺馨同学周记的启发吧。

艺馨一度把周记插图发挥到极致，让每一个慕名欣赏的老师和同学都大呼惊艳——她是如此精准地捕捉每一个场景的微妙之处，用各种线条和色彩呈现出来，和周记文字相辅相成，变成一幅幅有趣的作品。

再后来，很多同学加入插画版周记创作行列，这让在批改周记上耗时费力的我提神不少。

进入六年级，我发现这群孩子的插图风格发生了改变，由从前喜欢五颜六色的图画到热衷黑白线条的表达，是审美升级了还是纯粹就是懒得涂色了？有点意思！

话说，这周张艺馨利用精巧的小插图，传神地表达了后桌同学每天朝前"拱"桌子的状态，竟然让后桌看了之后心生惭愧，悄悄改正了坏习惯，也算是意外的收获。

图解课文

高晟翔是刚刚转来还不到两个月的同学，第一次写周记，他还是流水账的形式，把一周几天的事情挨着罗列一遍。可是很快，他就融入了这个爱写周记的班集体，并且开创了周记新"玩法"——图解课文。

他喜欢绘画，也喜欢我们学过的课文，如此，他就在周记里以绘图为主稍加注解的方式把自己感悟最深的课文呈现出来。

《开国大典》，他呈现场面；《灯光》，他讲述故事；《竹节人》，他展示步骤；《宇宙生命之谜》，他科普知识……

如此新奇有趣的周记，让大家赞叹不已。

互动学习场

翻开某些孩子的周记，我必须虚心低调点，因为，周记可是一个互动学习场，而我，是来学习的。

吕念想，一个超级心灵手巧的女孩子，绘画、剪纸、折纸、烘焙、编织、出板报、小制作……只要是与动手有关的，就没有她不会的。

这不，在品尝过念想亲手做的巨好吃的泡芙后，我赞不绝口，随口问了问她是怎样做出如此美味的泡芙的。念想同学听闻此话，立马化身吕师傅上线，在周记里给我详细讲述了制作过程。

读完周记的我，眼睛学会了，但是手学废了。我如实回复吕师傅。

我的笨拙成功激发了念想诲人不倦的劲头，于是，下一篇周记就升级成了图解步骤版。

看着愈加详实生动的制作步骤，我感觉我必须得学会了，要不然，下一期，吕师傅得给我录制一个视频来教了。

这，就是所谓的教学相长吧。

周记，两年里就这样写啊写，遇见了不一样的惊喜，也写出了不一样的精彩。那就，一直写下去吧！谁知道，后面会遇见怎样的庆典呢！

十月：我不喜欢高老师

尽可能多地用不同的尺子衡量孩子，因为，每个人都需要一顶桂冠。

会玩，才是童年最好的模样

1

课文《竹节人》，让大家嗨出了新高度。

周末结束归来，一进教室，就有孩子迫不及待地从书包中掏出好玩意儿，在同伴面前嘚瑟着：看我的竹节人！

有翠绿的竹节做的，有色彩鲜艳的材料做的，还有用空墨囊做的，甚至，有用注射器管做的。

批改周记，我发现大家制作竹节人的过程真的是八仙过海、各显神通。

我要实名点赞竹节人制作达人：

张艺馨——以翔实的数据记录了自己制作竹节人的全部过程，一次次失败，一次次换个方式从头再来。

高晟翔——图文并茂，生动记录制作过程和玩法，有着小贴士般的细致。

张峻铭——通过表格展示竹节人的制作方法，清晰准确、一目了然。

当然，也有很多同学并没有写出来，却做出来了，过程忽略不计，有结果就好啦！

那么，接下来做什么呢？当然是玩啦！

一到课下，三五成群，大家脑袋挨脑袋凑在一起，就看那中间的两个主角双手在课桌底下忙个不停，嘴里喊着打啊冲啊，不亦乐乎。周围的同学呢？加油助威，跃跃欲试，也同样全身心投入。

这是怎样一种快活呢？同学们在周记里进行了详尽的描述。看着这些从笔尖自然流淌的文字，真的会被他们的快乐感染。

2

去男生宿舍查寝，无论中午还是晚上，经常会看到宿舍里几个小男生围坐在地上，对着一盘棋凝神沉思，那严肃的神情不亚于运筹帷幄的将军。

每天晚自习前的自由时间，喜欢运动的孩子大都去操场跑圈，回到教室，再参与教室里静悄悄的"厮杀"——下中国象棋、国际象棋、跳棋、五子棋……

喜欢做手工的孩子精心雕琢他们的作品，或折叠或编织或剪贴；喜欢绘画的孩子沉迷于色彩勾勒的世界；还有一些孩子，和同学笑着闹着，做着小小的游戏……

我喜欢这些孩子活泼泼的样态。

3

爱玩，是孩子的天性。

然而，现在的孩子渐渐变得不会玩了，网络悄悄摄去了多少孩子的心魄啊！

他们会打各种游戏、刷各种视频，熟练说着网络语言，却不会"玩"。

每次讲到我童年时代和伙伴们玩过的游戏，台下都是夹杂着疑惑的羡慕目光，疑惑的是他们不曾见识过那是怎样一种玩法，羡慕的是那种自由自在、野生状态的童年生活。

男孩子玩泥巴、玩纸片、玩石子、玩弹弓，女孩子打沙包、玩跳绳、丢手绢、翻花绳，而放学回家后，撒野的孩子们更是遍布整个村落。

贫瘠的物质生活，剥夺不了童年的欢乐，因为，释放天性的孩子，哪有时间不快乐！

然而时代在变化，物质越来越富足，生活越来越便捷，孩子的快乐，似乎并没有随之增多。

所以，我鼓动班里孩子"爱玩""会玩"——

教室一角放着各种棋，想玩自取便是；课余去玩你喜欢的游戏，注意安全就好；日常解锁某种东西的新玩法，有趣有益方可；回家去做你中意的玩具，竹节人、小沙包，多多益善……

我希望每一个孩子，都能远离网络游戏，多亲近生活，爱玩便去玩呀！玩出花样，玩出品质，玩出收获。

玩，才是童年最好的模样。

每个人都需要一顶桂冠

周一，轮到我们班主持升旗仪式，其中有一项是表彰几位优秀学子，可以参考学校给出的几个项目来分配，也可以根据自己班的情况确定。

仔细一思量，发觉这事比较难办，班级里需要表扬的可不少：

这不刚刚结束运动会嘛。运动会上，有一大波勤奋锻炼、为班争光的孩子，无论是浩民、凯文、一诺、梦涵他们的长短跑，还是瑞瑶的跳远、明玉的扔实心球，每一个运动员都拼尽全力，不怕苦、不怕累地经历了无数次练习，赛场上才有了速度与激情的较量，才有了力量与技能的展现。

运动会期间，更有那么多台前幕后的"工作人员"，比如提前通知运动员检录的佳萱，事无巨细，一并安排妥当；其余的孩子做好一切后勤事务，呐喊助威自不必说，还要拿水送饮料，搬零食捡垃圾；靖轩和峻铭在运动会结束后，不忘细心收起同学的所有遗漏物品运回教室……

那平时表现呢？

学习上，总有那么一些孩子突飞猛进，他们踏踏实实地学好每一门功课，认认真真地完成每一份作业，当然，也一次次取得了优异的成绩。纪律上呢，绝大多数孩子都是榜样一般自律，像可馨，像宝贵，无论课上课下，无论在餐厅宿舍，不高声喧哗、胡乱打闹，从不会违反学校的规章制度。卫生方面，有不少孩子是可圈可点的，比如一涵，穿着干净、内务整洁，看桌洞和橱子，里面的物品摆放井然有序。还有啊，不少孩子在艺术方面各有千秋，艺馨同学绘画、写作、表达、手工无不精通；念想同学的烘焙、剪纸、绘画精妙绝伦；晟翔的书写笔走龙蛇，图解课文生动有趣；昱晓擅长弹钢琴、弹古筝，是位音乐小才女；明玉那大块头是个"灌篮高手"……

到底该怎么选？这真让人为难。

大家都上台是不可能的，甚至那么紧凑的升旗仪式，都不允许有太多介绍的时间，没办法，只能优中选优。

这么想来，就从四个方面各选一个有代表性的同学吧。

学习方面，选择进步大的。大家一致认为付东鑫最有代表性，这是暑假后才转学来的新同学，成绩从开始的 70 多分，提升到现在的 90 多分。这个默不作声的小个头，拥有着巨大的能量，短短时间肉眼可见地进步，确实不错！

卫生方面呢，全班五个组轮值以来，大家有目共睹的是，一组同学打扫的教室是最干净的，连地上的小黑点都用铲子给清理掉。值日周他们正好赶上轮值打扫厕所，五天里，我一次也没过问过，学校的督导天天检查，全部合格。这一组的组长吴传赫，作为他们组的代表，优秀！

纪律，要奖励文明宿舍。作为寄宿班，可太容易被学校检查发现违纪行为了，尤其是在宿舍里，一日两休，不可多得的放松时间，很多同学嘻嘻哈哈、吵吵嚷嚷，铃声响起还停不下来，稍不注意，督导来了！能安安稳稳地被评上文明宿舍，舍长功不可没。所以，浩民舍长，上榜！

最后一个名额，留给班干部、课代表，一个班级的进步，离不开这些作为老师左膀右臂的热心同学。而佳萱，就是这方面最突出的一个。作为科学课代表，不说课前课后收发作业，单单是课堂学习，就让佳萱操碎了心。看到有人不认真听课，有人不完成作业，有人背不会基本题目，佳萱都会忧心忡忡地来找我，一心想让大家重视科学，学好科学。这样的课代表，难得！

就这样，周一升旗，四位班级之星闪亮登场。

那一天，风很大，气温骤然下降，可是，因为有了这份荣誉，因为有了这样的仪式感，四个孩子的心中，可能恰似燃起一团火。

事情过去几天后，我还是心有戚戚。每一次的评价和奖赏，都是一顶桂冠，让人从内而外地发光。而每一种评价方式，都是不同的尺子，怎么能要求人人一致？多一把尺子，就多了一个发光的人啊！

我们要尽可能多地用不同的尺子衡量孩子，因为，每个人都需要一顶桂冠。

我不喜欢高老师

"我不喜欢高老师"这话，是洪锐说的，当时我稍微有点意外，似乎还有点伤心呢。

这事过去好久了，久到我有点想不起原委，久到差一点点就忘记了。

为什么又突然想起呢？

周五的周记点评，讲到洪锐的，我忍不住夸赞：这大概是我们班最幸福、最懂事的同学了——在上周一次偶然的调查中，洪锐是全班唯一高高举手说觉得自己很幸福的孩子。

然后，洪锐在周记里写到，他不太理解别的同学为什么会觉得不幸福，他的父母虽然很少凶他，但也并不是不严厉，可这并不影响他感受到来自家庭的幸福。如果真的有什么难过的事，那就是父母两鬓不断增加的白发深深刺痛着他。

天啊，这是怎样一个懂事的孩子！

在大家羡慕和赞叹的目光里，我笑着对洪锐说，你有那么疼爱你的父母，有这么关心你的老师，还有一群相亲相爱的同学，真是世界上最幸福的孩子了。

洪锐笑着不住地点头。

这一瞬间，我突然想起来，洪锐曾经说过不喜欢我。

我模糊记得大概刚开学没多久吧，有几个孩子发生纠纷，恰巧是在我忙得四蹄生风的那天，我根本顾不上听他们来回推诿扯皮，于是没好气地先把"肇事者"给批评了一顿，在他想辩解的时候，我一句"好男不跟女斗"把他给堵回去了。

作为"肇事者"的同桌，洪锐目睹了整个过程，所以在之后的一节班会课上，当我讲到同学之间要团结这个话题的时候，洪锐在下面跟同桌嘟囔了几句。我当即问洪锐的同桌他说了什么，那个男孩子站起来支支吾吾地说：他说他不喜欢高老师。

全班哗然。大家都紧张地盯着我，好似洪锐捅到了马蜂窝。

我问他同桌，他有没有说因为什么？

他同桌极力想说明洪锐不是针对我这个人，却紧张到语无伦次。我倒是饶有兴致，想弄明白到底是因为什么。

我对洪锐，毫不客气地说真的是非常关心了：他生病住院，我为此担心不已，看着他妈妈发过来的体检报告，我几度心疼流泪；我专门和几位家长跑去医院看望他，安慰他；他转院到北京，得知他一个人面对难挨的住院时光，我想办法确定医院地址，给他买了全套《哈利·波特》加急快递过去；我组织全班给他捐款表达心意，开视频连线逗他开心；他平安返校后，就餐、休息等悉数安排照顾……

我觉得，作为一个老师，我是仁至义尽了。他为啥不喜欢我？我很好奇。

这时候，其他同学也站起来帮着"解围"，但越发说不清楚了。

洪锐毅然站起来，深吸一口气，面容严肃地说："是的，是我说的，但你们都过度解读了。"

我站在台上，一言不发，很平静地看着洪锐，认真听他"解释"。

原来，洪锐对那天我处理纠纷的方式，或者说我经常会有的一种态度很不满意，用他的话说就是"偏向女生"，凭什么男生就一定要让着女生？尤其是那句"好男不跟女斗"，让他不服，不少女生其实是明摆着欺负男生的啊，所以，他"不喜欢高老师"了。

原来如此。我确实偶尔会简单粗暴地处理男女生的纠纷，主打一个"偏心"，多数时候让男生忍忍让让、息事宁人，这还真是不公平的，要不是洪锐给指出，我还不知道会使多少无辜的男同学受委屈。

我一下轻松了很多，笑着对洪锐说："谢谢你给老师提出的意见，以后老师尽可能做到公平，接受你的监督。老师理解并且允许你'不喜欢'我，但是我知道，就像我一直对你们说的，我不喜欢的是你们身上的缺点而不是你们本人。你可能也只是不喜欢老师这一点做法吧，是不是并不影响你继续喜欢老师本人呢？"

洪锐点点头，如释重负，坐下了。

后来，再有类似的男女生纠纷，我都会在心中提醒自己，要耐心询问、公平处理，这不得不感谢洪锐的警示啊！

洪锐呢，还是那个洪锐，礼貌有加，调皮可爱，偶尔犯错，但是知错就改。

有那么一天，我半开玩笑地问洪锐："你现在还喜欢高老师吗?"洪锐不假思索张口便答："喜欢!"

如今看到洪锐的周记，才知道他之所以有对老师说"不"的勇气，是因为他从来不是因缺爱而"讨好"型的孩子，是一种爱而不溺、严而不厉的教育方式让他有了足够的底气，去理智地做出自己的判断，发出自己的声音。

是的，和谐的家庭才更幸福，父慈子孝，其乐融融。

被爱的孩子才更自信，坦坦荡荡，敢说敢当。

话说班里的课代表

进入六年级，竞选课代表成了大家最想做的事。

这里有开学初竞选时热火朝天的 PK——按学科成绩、按服务能力上岗，还有后来面对竞争对手充满挑衅的"单挑"——谁赢谁上岗。所以呢，做班里的课代表可不容易。

暖心小贴士

谁也不知道，就在这一周，这几位课代表，又让这个职位卷出新高度。

考试前一天的晚自习时，科学课代表佳萱过来悄悄和我说："老师，明天要考试了，有些需要提醒大家注意的事项我想讲一讲。"

"这? 太好了呀! 必须同意加点赞!"

第二节课，佳萱上台来，像个小老师一样把科学课考试的答题注意事项悉数交代一遍。

嘿，这来自同学的小贴士可比老师的唠叨有用多了，台下同学听得很认真，掌声也格外热烈。

佳萱这一开头，另外几位课代表坐不住了。传赫自告奋勇跑上台来，针对数学如何提分，主要从怎样高效上课、如何精准答题，以及考试心态这三个方面进行讲述。他侃侃而谈，怎么看都像是有备而来。

接着梦涵上来，语重心长地告诉大家语文考试七个类别的注意事项，哎呀，比老师讲得还细致。

最后上台的是昱晓，这个为班级英语学习操碎了心的姑娘，前段时间就不止一次主动给全班分享自己学英语的心得，这一次更是倾囊相授，把学习方法和考试技巧讲得明明白白。

台下一众听友，听得认认真真，就是不知能接收利用几何？

PK 四连

最初，浚航因为期末数学成绩优异，以绝对优势当选为数学课代表。原本数学成绩不错的明玉不服也不甘，于是俩人在我面前郑重打赌，只要谁连续四次数学考试超过对方，谁就是下一任课代表。

浚航心里是打鼓的，甚至为此夜不能寐，因为，之前他的数学成绩确实不如明玉。

可是他又是多么珍惜这来之不易的数学课代表一职啊！

自从上任，每一节数学课前，浚航都要和另一个数学课代表传赫提前到丽丽老师的办公室，询问老师是否有事情要交代，然后再快速返回教室落实老师的要求。

每一个晚自习前，他们都要问询好数学作业，板板正正写到黑板上，督促大家按时完成。如果有同学不懂的问题，他们还会耐心讲解，不厌其烦。

浚航尽职尽责把自己的本职工作做得相当出色，这些，大家都看在眼里。

然而，明玉的"单挑"让他产生了巨大的危机感，他怕自己考不过明玉，失去这个宝贵的职位。

我看到浚航在周记里写下的烦恼，于是专门和他约谈，讲了鳗鱼和狗鱼的故事，告诉他，危机和压力会让人产生无穷的力量，不要怕，全力以赴迎战，即便输了，也没有遗憾。

就这样，一轮一轮挑战下来，我总是在明玉一脸欣喜傲娇地告诉我他又赢了的时候，看到远处浚航沮丧落寞的神情。

我知道，自从运动会开始，一直忙于轮滑训练而落下课程的浚航，有点接不住了。

最终，明玉四连胜，数学课代表正式由明玉接手。浚航大概是偷偷哭了吧，丽丽老师及时找他谈话，安慰鼓励，我才又慢慢看到了他脸上的笑容。

我相信，经历过这一段惊心动魄的无声角逐，浚航的收获更大一些，失去的是一个课代表，得到的，是成长。

话说，这一届课代表，可真是够卷够疯狂！

十一月：放下手机，拥抱生活

　　戒掉手机只是一个笼统的概念，真正的目的是让孩子们去翻开一本有趣的书，去运动锻炼，去亲近大自然，去学习才艺，去发展技能，去拥抱真实的生活。

放下手机，拥抱生活

缘起

　　进入六年级后，好几个家长向我反映，一到周末，孩子就抱着手机玩起来没完没了，玩游戏、刷视频，入迷的时候可以不吃不喝。当然作业也不会提前写，总是要挨到周日晚上才动笔，说了不理，管了不听，那叫一个气人！

　　其实我也发现，一些孩子的家庭作业潦潦草草，态度相当不认真；平常说话网络用语一套一套的，周记里不时穿插各种网络热梗；男生宿舍里常常听到他们交流游戏心得，聊起游戏来滔滔不绝；女孩子开始追星、追偶像，聊起当红明星、流量网红如数家珍……

　　有那么几个问题严重的孩子，或学习成绩飞速下降，或行为表现异于往常，和他们的家长交流，发现无一例外都是从暑假开始痴迷于手机，管不住戒不了，如果不是上寄宿学校，好好的孩子眼看要废了。

是该彻底整顿一下了。

回想上次整顿，还是今年春天寒假归来，整顿前后历时近一月，才让绝大多数孩子收回心来，慢慢专注于学习。

没想到，暑假两个月，多数孩子重蹈覆辙。我做了一个调查，全班没有上网玩游戏的只有一个孩子，绝大多数孩子都有自己的智能手机或者平板。成人都不能很好地控制自己上网，何况小孩子？

两周前

我在班级宣布开启本年度第二轮"整风"，计划用时半个月把手机上瘾问题解决掉。

台下孩子们表情各异。

第一周，关于手机不做强制要求，大家根据自己的情况随意使用，家长也不提醒管教，但是要求他们如实填写一份问卷反馈，留作分析参考之用。

我啥意思，大家是懂的，几个调皮的孩子意味深长地拖着长腔"哦"起来。

那个周五，我在家长群发了一个通知：这周末开始，所有学生全面戒手机，周一返校之前，每个家长如实填写一份孩子在家表现问卷，记录孩子学习、读书、玩耍、游戏情况。

周一学生返校后，我正准备把家长问卷整理打印出来，微信上不断有家长的信息传来，看得我开心起来。

家长们在给我反馈周末孩子的变化，欣喜之情溢于言表。

我非常感谢各位家长的认真反馈，教育的路上，从来都不应该是家长或者老师独行，家校携手，才能共赢。但是我知道，不能高兴太早，真正的考验在后面。

总结家长的问卷反馈，四页纸上，被我红笔标注的地方还是不少，玩手机、刷视频、看电视的大有人在。

于是某一天自习课上，我拿着这份问卷逐个点评分析，或表扬奖励，或批评责罚，"爱憎分明"。

台下娃儿们看到老师这阵势，大概知道下周该怎么做了。

一周前

周五放学，我告诉孩子们，家长依然不会管教和提醒你不玩手机，是否自律，永远都取决于你自己的选择。

另外我通知家长，上周戒网效果不错，这周继续努力，需要再填写一次学生在家情况反馈。

又是一个周一，我把反馈信息整理打印出来，看到这次出现的问题明显少了很多，依旧玩手机的，还有两三个孩子。

是时候下"狠招"了。我在家长群发通知如下——

各位家长，经过两周时间的调整，绝大多数孩子能够远离手机，但仍然有玩手机现象。在此，我要求家长在下午来接孩子之前，务必把属于孩子的智能手机收起来。

没有特殊情况，孩子不需要拥有属于自己的智能手机。如果孩子经常一个人在家必须联系，可以考虑给他配一个只能接打电话的儿童手机。

如果需要上网查阅资料，比如这周的手抄报，家长可以默许使用一次手机或者电脑，时间要限定，其间，孩子不得借故上其他网站。

我在学校已经和孩子约定好不再使用手机，希望家长务必配合，做好监督。如果家长对此不以为然，还继续放任孩子玩智能手机，那么以后你家孩子再出现类似问题，请自己负责。切记，不要出现 $5+2=0$ 的现象！

同样是孩子生病挂针时间，有的给孩子带书、带课本，有的给孩子带手机，家长的选择也决定了孩子的样子。

然后我把嘉琪挂针还在学习的照片发了上去，请家长自行对比。

一天前

戒手机这事，说大不大，说小不小，这是一个跟坏习惯宣战、自律觉醒的过程。

既然是一件重要的事情，那得有仪式感。于是，我起草打印承诺书，在放学前的课上，让大家认真阅读，郑重签字，然后大声宣誓。

这大概是孩子们人生中第一份如此正式的承诺书。白纸黑字，不许抵赖。

当天晚上，我收到了更多家长的反馈……

其实，戒掉手机只是一个笼统的概念，真正的目的是让孩子远离那些上瘾的游戏，消耗时间的短视频，毁三观的网络小说，特别是那些有毒的不良网站，而去翻开一本有趣的书，去运动锻炼，去亲近大自然，去学习才艺，去发展技能，去拥抱真实的生活。

除了玩手机，还有一百件事可做

周末时间，大家果然放下了手机，那么问题来了，在家写完作业后的大把时间，不玩手机，可以干什么？

这是陶然在课堂上问的，我相信这也是孩子们遇到的共同问题。

我要告诉大家的是，闲暇时间，可以做的事情其实太多了。

如果给这些事情分一下类，可以大致分为培养爱好、户外活动、益智游戏、陶冶情操这么几类。

培养爱好

兴趣爱好是可以培养的。

话说我家姑娘曾经是乐器的门外客，五年级时候突然喜欢上了架子鼓，六年级又喜欢上了吉他，央求我给她报班。我满心疑惑地交费报名，心想你也就三分钟热度吧。结果是我错了。兴趣是最好的老师，她用了很短的时间学会了这两样乐器，演奏得有模有样。

我拗不过她，买了架子鼓，不敢让她在楼上打，就放在了乡下她奶奶家。每逢周末，半个村的孩子都跑过来看她打架子鼓，搞得小村庄气氛都空前活跃起来。

吉他在家里，每当她学习累了、心情烦了，就自娱自乐弹拨一会儿。音乐一起，好像一切烦恼都烟消云散了。

我们班不少孩子都会弹钢琴。当手指在黑白琴键上翻飞，心情随音乐流淌，那不就是最美的享受吗？

晟翔的萨克斯吹得特别精彩，上周在实践基地的舞台上，吹萨克斯的少年闪闪发光。

所以，去学一种乐器吧！你的快乐，会成倍增加。

喜欢美术的孩子，去学素描、国画、水彩、水粉吧，在线条和色彩中描绘自然，展示生活，发挥想象，是多么棒的事情！

喜欢表演的呢，可以学播音主持，说话变得字正腔圆，仪态落落大方；也可以学舞蹈，中国舞的柔美，拉丁舞的激情，街舞的拉风，都会让人身体灵活，身姿挺拔，自信从容。

喜欢运动的就更棒了，学乒乓球、排球、篮球、羽毛球、橄榄球，学游泳、轮滑、跆拳道、马术、滑板……你说有多少运动项目等着你吧！

除此之外，做手工，学摄影，学编程，任何一件事钻研起来，精益求精，都会让你与众不同。

户外运动

如果有机会，一定去户外活动。

现在的孩子越来越宅，不爱外出，不爱运动。长时间不锻炼，身体素质容易下降，一换季就生病，一运动就喊累。

户外骑自行车，不仅能提高心肺功能，锻炼下肢肌力，增强全身耐力，还能锻炼平衡和协调能力。现代运动医学研究表明，骑自行车两腿交替蹬踏可使左、右脑功能同时得到开发。

当然，安全是第一位的，如果在城市，需要去健身专用的骑行道上。如果在乡镇，需要避开车辆多的大路，最好选择极少有车辆的小道。不管在哪里，都需要有家人的陪伴，万万不可独自骑车上路。

跳绳是最便捷的运动方式，在小区广场，在楼下空地，在任何能挥动起来跳绳的地方，都可以随时锻炼。一根小绳，舞动生风，手脚并用，全身协调。

打羽毛球则有更多乐趣，约着小伙伴，或者就和自己家人，在一片开阔的场地进行，从开始的手忙脚乱，到挥拍自如，往往用不了多长时间。

这几样运动都能减肥呢，班里小胖墩缺乏的就是这样的有氧运动，多多消耗热量，才能达到显著的减肥效果。

我们班还有热衷于马拉松的同学：宋熠龙、刘凯文、王梦涵、宋嘉琪。他们前后几次跟随家长参加临沂市马拉松健康跑，这是多么棒的经历啊！

另外，如果有时间，和父母或亲友一起户外活动，春天去踏青，夏天去远足，秋天去爬山，冬天去赏雪，在大自然中感受四季变换，岂不是很美？

如果父母工作很忙，晚饭后半小时的散步也是好的，大家边走边聊，其乐融融。

益智活动

说到益智玩具，谁没有玩过拼图、魔方、乐高呢？

这些不单单是玩具，在玩的过程中，我们可以接触到包括物理、机械、数学、几何、建筑在内的多种综合知识。

怎么拼出一座桥梁？怎么拼成一个火箭的形状？这些都是对大脑的挑战，对大家空间想象力的考验，所以爱玩这些玩具的孩子智力、空间想象力都不会差。

还有下棋呢，军棋、象棋、围棋、飞行棋、五子棋，各种棋类游戏让人欲罢不能。明明就几颗棋子，却犹如指挥了千军万马；方寸之间的较量，让对峙的人思量万千、谨慎再三。几局下来，连观棋的人大概也入迷了吧，过瘾！

折纸曾经是我儿童时代喜欢做的事情，也是一种非常有意思的活动。在折纸的过程中，每个步骤都要细心，否则很容易折坏，特别是一些复杂的折纸，要坚持到底，才能折出成果。所以这又磨炼了耐心。

我们还可以利用身边的物品做各种手工：矿泉水瓶打孔做喷壶，易拉罐做成装饰品，废旧玩具车改装，等等。废物利用，节能环保，还培养了思考能力和动手能力，一举两得。

除此以外，网上售卖的很多益智玩具也很有意思，比如"大富翁"，比如九连环、异形魔方等。家长可根据孩子的喜好来选择，毕竟，一个沉迷益智玩具的孩子比一个沉迷手机游戏的孩子可爱多了。

陶冶情操

这是一个涵盖更庞杂事项的类别。

读书作为优先项推荐，因为，"腹有诗书气自华"嘛！

在书中，你可以回望历史，可以眺望未来，可以放眼全球，可以跨越时空，可以为古人流泪，可以被勇者征服，可以被逗得捧腹大笑，可以因悲剧黯然伤神……

读书，必定会给你的童年增添最厚重的色彩。

练字如炼人。无论是谁，都要努力练一手好字啊！我们的汉字，端庄是它，挺拔是它，俊逸是它，刚劲是它。练好字，也做好人。

音乐就更不必说了。你可以哼唱雅俗共赏的流行歌，可以欣赏格调高雅的古典乐，可以聆听恢宏大气的交响乐，还可以学唱几首经典的外国歌。音乐无国界，你值得拥有自己喜欢的音乐。

此外，你还可以学习整理房间、烘焙烹炒，学习种花、养小动物……且慢，这也能陶冶情操？

当然可以！在被你整理得整洁有序的家里，吃着亲手烤出来的香喷喷的蛋糕时；在你经历了很久的培育和等待，终于看到你养的花儿开放后；在你的小动物慢慢长大，带给你很多陪伴和慰藉中……你能体会到充实与快乐，收获与成长，温暖和亲昵……

对了，我们是不是忘记了，不看手机，除了综上所述，还有个电视可以利用一下？

我的建议是：周末两天加一起，可以看一个小时左右的电视节目；如果看不到直播，家长可以手机搜索一些有趣有益的节目，投屏到电视上，家人一起看也不错。

值得推荐的节目如下：

《"字"从遇见你》《中国成语大会》《中国诗词大会》《典籍里的中国》《书画里的中国》《经典咏流传》《国家宝藏》《多彩少年》《开讲啦》《加油！向未来》《中国少年说》《少年的奇幻世界》《超级变变变》《啊！设计》……

看这些节目时，有两个小建议：

一、选择周末的某个固定时间，全家人一起观看，让这段时间变成全家人精神放松的家庭时光。

二、看完后一起聊聊"喜欢和受触动的地方是什么"，让这些节目成为与孩子们交流与互动的话题。

当然，还有几点想要提醒大家：

第一，每看 20－25 分钟，就一定要让眼睛休息一下，最好是闭目或者远眺 5 – 10 分钟。

第二，有些人看电影喜欢只开一盏小灯，气氛是有了，但昏暗的光线对于用眼是大忌，一定要保证足够明亮的观影环境。

总之呢，放下手机之后，有太多种让生活快乐充实起来的途径，可不止上面这些呀。

那就赶紧行动起来吧！

做个温暖的人呀

冬天来临了，要做个温暖的人呀！就像他，就像她。

一根跳绳

在体育课活动的间隙，大家拿着跳绳自由撒欢，子钦的跳绳不知怎的被同学甩到了篮球架上。

几个同学赶忙想办法拽，可是怎么也够不着。这要让体育老师发现，又要挨批评了吧，子钦急得要掉眼泪了。

于是，大家纷纷加入"救援"行列：有的把自己的跳绳扔上去试图把它打下来，失败；有的把跳绳折叠成一根短棒去打，失败。

最后，还是丁明玉这个大高个儿出场，找来了一根杆子，那根跳绳才乖乖地落下来。

大家一阵欢呼。

在体育老师发现之前"危机"解除，子钦的心情也从焦急化为了感动。

好几个同学把这件事写进了周记，我才得以知道。其中佳萱的总结让我欣慰：团结、和谐、美好、互帮互助，这才是我们六年级 9 班应有的模样。

悄然挪动的课桌

我们的座位两周一轮换，两年多来一直如此。

每过两周，到周一吃过晚饭的时候，孩子们就会自觉推着课桌按顺序换排，无须老师过问。

那天又到了换排的时候，教室里一阵杂乱无序的声音之后，渐渐趋于安静，大家忙着整理自己被晃乱的桌洞。

我瞥了一眼前面靠窗的位置，发现有一张桌子孤零零地待在教室最边缘的窗边，就像被人遗忘了一样。再看看教室另一面，已经排整齐的桌子中间硬是缺了一张，怎么看都不舒服。

孩子们各忙各的，似乎都没有发现哪里不对劲。

课桌的主人看样子是没在教室，我正想安排人给帮忙推过去，有孩子过来请教问题，这事就暂时放一边了。

等我腾出空来，就看到有个小小的身影正推着那张桌子悄然挪动。是洺郡！

他悄悄把那张桌子推到空缺的位置上，然后回到自己位上，就像啥都没发生一样。

还好，我拍下了这一幕。当我在讲台上说出这件事情的时候，有同学站起来补充：那一周班里有十几个同学生病请假，卫生大扫除的时候，他们的桌洞大部分都是刘洺郡默默给整理的。

监控下的一幕

中午课间操时，我数了数好像还少一个孩子，一时想不起来是谁，想看看谁留在了教室没来上操，就随手点开了监控查看。

画面上的一幕让我愣住了，偌大的教室里，一个左手缠绷带的孩子正在用另一只手慢慢地扫地。

是张益鸣，他在"偷偷"打扫卫生。

那些散落在方凳底下、课桌之间的小碎片垃圾，是多么调皮，需要把凳子甚至课桌挪动一下才能扫出来，这个左手还用绷带挂在脖子上的张同学，弯腰、挪动，耐心地把地上的那些垃圾一点点扫出来，全然不知，摄像头这端，他的老师正被深深感动着。

上操回来，我说，下面给大家看一看摄像头下的一幕。

大家丈二和尚摸不着头脑，以为哪个同学做啥坏事让老师给揪住了，都睁大眼睛好奇地紧盯屏幕。

当我把截屏的照片投放到教室的屏幕上，大家也一下子愣住了，那个手缠绷带的张益鸣，让全班同学的心都暖了起来。

弯腰捡起的美丽

早饭过后，孩子们三三两两回教学楼上早读。大家悄声说笑着，一起向教室走去，谁都没有注意到，楼梯台阶上躺着一张纸片。

那张白色的纸片皱巴着蜷缩着，不知被多少双鞋子踩过了，也不知被多少双眼睛无视了。

若在平时，我就过去捡起来了。但今天，我在远远的地方，看着人来人往的楼梯，看着说说笑笑走过去的孩子们，我想看看，谁会捡起这张纸片。

终于，一个身影弯下腰去，迅速捡起纸片，轻轻巧巧，转眼走进了教室。我看清楚了，是怡静，一个话不多的女孩子。

又一天，楼道里躺着一个塑料袋，浚航跑过去"捉"住了它。

还有一次，栏杆底下藏着一小片纸，宝贵路过的时候顺手捡了起来。

……

一次次弯腰，捡起的是美丽。

"留级"的值日生

教室的卫生是分组轮流打扫的，轮到就是一周。

轮到一组的时候，正巧也轮到我们班打扫厕所，一组的小伙伴齐心协力，不但把教室收拾得整洁有序，还把厕所打扫得超级干净。

我是亲眼看到过他们是怎么打扫的，那是很多组的小伙伴达不到的水平，他们借助各种工具，扫、拖、擦，地上那些抹不掉的黑点，他们都是用小铲子一点点铲去的。

理所当然，我狠狠地表扬了一组的小伙伴，组长还被评为西城优秀学子上台接受表彰呢！

然后呢？

然后就轮到别的组打扫了呗！只是我经常会发现，每个组的值日生里都多了同一个人——徐靖轩。

每天晚上，靖轩都要留下来，跟值日生一起扫地拖地，一起聊天说笑，不亦乐乎！

我开玩笑问他为啥，是被强迫的吗？他笑着说："没有没有，我乐意呀！"

班级里，像这样的小故事，还有很多……

让快乐飞一会儿

上课铃响了，我站在半掩的教室门外，神秘地伸头看着孩子们说："把眼睛闭上，我说睁开再睁开！"

啊？有惊喜！不会是信到了吧？教室里顿时炸了锅，看样子大家已经猜到惊喜是什么了，一个个压抑着兴奋，努力闭上眼睛。

孩子们猜对了，这信，是他们升入六年级后来自温州的第一封信。

自四年级起，两个班的孩子互通信息，携手成长，直到现在一起走进六年级。

我走上讲台，从包里掏出厚厚一沓信来，喊了声："请大家——睁开眼睛！"

"耶！"台下异口同声的呼喊简直要把天花板掀翻了，心急的孩子一边喊着就要冲上来了。

"嘘——我点名上来领，不要着急。"

一群猴儿这才安生下来，竖起耳朵迫不及待地等候被点名。

"吴传赫！"

"哇！"大家居然情不自禁地为这第一个"幸运儿"鼓掌欢呼起来。

传赫开心地接过信，回到座位立马开始拆信封，同桌和周围同学更兴奋，恨不能替他动手。

"王瑞瑶""王一涵"……

44 个名字，44 封信。盖着邮戳的牛皮纸信封依次飞到孩子们手中，教室里安静了许多，一个个都在低头津津有味地读信呢！

上扬的嘴角，挑起的眉梢，会心的微笑……教室里静悄悄的，氤氲着一股幸福的味道。

过了一会儿，一些孩子在把信读了好几遍后，开始情不自禁地给同学分享起来，指着信上某些语句，说着笑着，然后几个人笑作一团。

再后来，想要和同学分享的孩子越来越多，从同桌到前后位，从这一排到相邻另一排，大家声音越来越大，笑声越来越响，教室里洋溢着欢乐的气氛。

我本来是想要给大家一个欢乐的开场然后上道法课的，可眼下这样子，对着全班喊暂停转而上课实在是太让人扫兴了。

看着这群兴致勃勃的孩子，我转身在黑板上写下——让快乐飞一会儿。

有一部分孩子看到我写的这几个字，停止说笑，立马喊道："老师，什么意思？"

这下所有同学都安静下来，目光中带着不解等着我的回答。

我微微一笑："大家分享自己的伙伴来信的此刻，快乐吗？"

"快乐！"

异口同声，毫无悬念。

"那么，这节课，老师就先不讲课，大家尽情地和伙伴分享收到信的快乐吧，让你们的快乐飞一会儿！"

"太棒啦！"全班又是一片欢呼。

于是你看吧，孩子们纷纷离开座位，蹦跳着去找自己的好朋友了，三五成群，或坐或站，有说有笑，教室里沸腾起来。

我看着眼下热气腾腾的场景，被这份快乐深深地感染着。

　　陶然忽然走向我，高举着她的信，笑眯眯地说："老师，我来和你分享我的信了！快看啊，我的笔友太牛了，我对她佩服得五体投地！"她一边说着一边指着手里那封信跟我分享，眼睛里星辉璀璨。

　　我顺着看过去，信上那娟秀的字体，流畅的文字，一看就是出自一个非常优秀的孩子之手。我忍不住也赞叹一番，陶然更开心了。

　　明玉接着凑过来："老师老师，看我的笔友！"没等我看清楚明玉递过来的信，一大波孩子拥了过来："看我的！""看我的看我的！"

　　下课铃响了，就这样，一节课时间不知不觉飞逝而过，可这群孩子还沉浸在快乐中，乐而忘返。

　　一直到晚自习时间，黑板上居然还留有两个字"快乐"，我好奇地问："今天的值日生怎么没擦干净黑板？"

　　下面立马有孩子大喊："我们想要让快乐再飞一会儿！"

　　哈哈，这个可以有！

十二月：年度汉字，变

一切都在变，每个孩子身高在增长，个性在彰显，班级也变得越来越充满活力，越来越和睦温暖，以前所未有的姿态开启我们的童年最后一站。

是爱在回响

1

周一早晨，我刚到教室，早到的孩子们就围上来："老师，我们带钱来了！"

我找出一个盒子开始收钱，不一会儿，盒子里就堆满了花花绿绿的纸钞。

这是要做什么？说来话长。

暑假去厦门，认识了被组委会邀请去参加活动的甘肃的吕老师，她和学校四个学生的故事深深打动了我。一个学校，师生一共五人，为了这四个不同年级的学生，吕老师多年来一直坚守在这个教学点。

吃饭的时候，吕老师把桌子上的花蛤壳打包收起，说是她的四个学生没见过，要带回去送给她们玩。这四个孩子在上面涂了五颜六色的图案，摆出来各种造型，孩子们笑得那么开心，我在吕老师的朋友圈里看到了，心里五味杂陈。

当时我加了吕老师的微信，就是希望有一天我和我的学生能够为她们做点什么。

我给班里学生讲了这个故事，大家都想做点什么来表达爱心，有同学想送文具、送衣服，更多的是希望送书，但一直都没有想好怎么实施。

上周，又有学生提起这件事，大家统一意见，捐款买书，就当作送给四个小同学的新年礼物。

我的要求是不能回家问家长要钱，要捐，只能用自己的零花钱，没有的可以借家长的，再用过年的压岁钱归还。不必想着非要捐多少，爱心不分大小，有能力的时候我们去为社会奉献大爱，没能力的时候我们尽力而为做小事。

于是才有了今天早上的一幕。

我把 44 个同学的捐款收齐，一共 1939.5 元。当我把这件事通过微信告诉了吕老师时，她非常感动，连着拍了两个小视频发过来：她的宝贝学生，四个淳朴可爱的小姑娘，穿着厚厚的棉衣，围在教室两张桌子拼凑的大课桌边，用稚嫩的声音向我们表达着感谢和祝福。全班同学的心都快被萌化了。

当天晚上，我在网上选购了 2000 元的图书和学习用品，问询了吕老师的地址和电话，下单。在 2023 年的最后几天，这些包裹会从千里之外悄然奔赴遥远的甘肃，成为四个孩子 2024 年收到的第一份礼物。一想到这，我们班所有同学的心里都涌动着一股暖流。因为，能给予别人温暖，自己会更温暖；能给予别人幸福，自己会更幸福。

最后，我在家长群里表达了我的想法，我希望借由这样的活动，让千里之外的孩子感受到一丝温暖，让我们的孩子看到世界的参差，以及我们可以为别人做出一点点贡献，由此成为一个有爱有担当的人。

2

其实，就在这个周一，我还被其他一些事情深深感动着。

佳萱，这个一直以来尽职尽责的科学课代表，来到我办公室，稍有点羞涩地说："老师，我看我们数学老师搞积分，大家学习积极性都很高。我也想在科学课上搞积分，让大家学习更积极一些。我买了一些零食作为奖品，按照积分兑换，您可以帮我打印一份班级名单吗？"

我的天，这丫头简直让我肃然起敬！平常负责科学课的学习已经是精益求精、无可挑剔了，现在居然想到了老师前面，甚至自己出资发奖品，这份爱心和责任心真是无人能比。

我在一阵猛夸之后告诉佳萱：打印名单当然没问题。教室里还有一部分零食饮料，都归你支配，都给你用作奖品。佳萱不好意思地笑了，小脸绯红。

当我给大家讲述了佳萱的计划时，教室里掌声、欢呼声全起来了：一方面为佳萱鼓掌，一方面是为零食欢呼吧。这帮孩子！

第二天一早，教室里的柜子上出现了一大包零食，我问了几个同学都不知道是谁放的。晨读课后，誉馨告诉我，那是她买的零食来"支援"佳萱的。我看着素来做事不声不响的誉馨，为她点一个超大的赞！

课下时间，我看到一大群孩子围着佳萱他们兑换奖品，那个兴奋啊！这帮小馋猫，一点两点的零食根本不够分的。

这事传到了科学老师耳朵里，德让老师比我还激动，大呼佳萱真是神仙课代表啊。随后，她直接给班级孩子买来了一大箱零食。

很快，学校元旦联欢结束后，就是我们自己班级的狂欢节了，宝程妈妈在前一天就送来了各种好吃的。周五那天，大家在班里边吃边玩，一起唱歌，真是超开心！

3

周五，我问孩子们，这就元旦了，要不要给温州小伙伴来个视频拜年啊？一呼百应，马上行动。

我找来手机支架，安排好录制顺序，一声令下，开始！

一个个孩子在镜头前对着远方的小伙伴说出心底的问候和祝福。有的活泼俏皮，有的端庄认真；有的温柔羞涩，有的热情似火；有的夸张搞笑，有的中规中矩……但都是真诚的、热忱的。

录制视频很快，复杂的是后期制作，因为温州的孩子并不认识自己的笔友，尽管这边都是叫着朋友的名字送出的祝福，但保不准会有听不清的情况。我动手在视频上一个个注明孩子的姓名，这样，对面的小伙伴一眼就能识别自己的笔友啦！

前期工作完成后，我又制作了片头片尾，后面加入了我们班的一些集体活动照片，再配上应景的新年祝福歌，完工！当我把视频发给飞琴，她惊喜不已，马上转发到家长群，温州的家长们比孩子还激动开心。

4

就在我要结束这一周的记录时，忽然想起，周一那天，梦涵过来递给我她的一百块钱时说了一句：我妈妈问可不可以交 300 元啊，她和我弟弟每人各 100 元。我当时笑了笑，随口说了句："你妈妈可真有爱。"

后来梦涵告诉我，妈妈听了她回去讲述的故事后，就去网上搜索了一些慈善的信息，关注到韩红，并且参与了韩红爱心慈善捐款。梦涵讲这些的时候，一脸的风轻云淡，但明显看得出，在她的心里面，妈妈的形象一点点地高大起来。

我向梦涵妈妈求证了这件事，感慨道：教会孩子心存善意，是孩子一生的财富。

这一周，在我和吕老师相互祝福的信息里，在我和梦涵妈妈有趣有益的交流中，结束了。

始于爱，终于爱；付出爱，收获爱。

生活就是这样，你发出爱的声响，就能听到爱的回响。

有你，真好

你，变了吗

每次班级站队，看着大部分和我身高差不多甚至高出我一些的孩子，有时候很恍惚，这么快你们就长大了吗？

两年前，大家还是刚刚跨进四年级天真烂漫的小孩子。那时候，下了课，你们会围着我，有问不完的问题、说不完的话，老师在你们心中，就是最重要的存在，重要到让你们身后显得不那么重要的父母都有点"吃醋"。

然而，你们发现了吗？不知不觉中，老师的身影在你们心目中慢慢变淡，你们越来越喜欢和好朋友聊天谈心，越来越享受和"好闺蜜"与"铁哥们"在一起的时光，一起交流难题，或者随便胡侃，放肆大笑，无拘无束……

老师可是一点都不"吃醋"，因为我深深地知道，这种种变化，是每个人必经的过程，它，就叫成长。

进入六年级，这份"成长"开始加速，全面塑造一个崭新的你。不信，你对号入座——

自尊心极强，重视同伴关系。注重自己在小团体中的位置，也容易受同伴影响，常常会跟风去做一些不好但能获得同伴认同的事情，比如一起说某个同学的坏话、玩同一款游戏等。

上课不愿意举手回答问题。不是不会，而是担心，有顾虑，生怕答错了别人会用异样的眼光看自己。

私下里越来越多的话题聚焦于谈论异性，写小字条。女孩子开始注重自己的外表，男孩子喜欢表现自己有多酷。

思想从单纯走向复杂。不再什么话都与父母说了，有了自己的世界和秘密，把心事写在日记里，还仔细地收起来；要是家长翻看了，往往会十分愤怒、伤心。

对学习的态度发生了变化。知识学习难度加大，作业多了，一部分同学求知欲增强，出现生怕落后的不服输思想，学习很自觉；而有一部分同学则出现惰性，怕辛苦，或因为知识学习难度大而丧失自信心，成绩出现滑坡；还有一部分同学出现偏科现象。

自我意识开始崛起。不再像小时候那样处处黏着父母，而且"越来越爱顶嘴"。开始强烈需要父母把他们当作"大孩子"看待。如果得不到父母的尊重和理解，会故意与父母作对。

……

怎么样？是不是有几处被点中？

那么恭喜你，你已经向着下一站"青春期"迈出了自己的脚步。

有你，真好

如上，关于成长的话题很多，今天只说其中一个，关于"同伴"。

有一次改葛同学的周记，被素来调皮搞笑的他"震"到了。他写到，偶尔遇见曾经的同学，两个人一起聊天，谈到明年准备考哪个中学，那同学随遇而安、不求上进的态度让他很是着急，他告诉同学，要"打破认知天花板"，不要把自己的理想禁锢在较低水平，因为"我们生来就是高山而非溪流"……临别，他还把自己抄写的张桂梅老师让学生铭记的一段文字送给了同学。

我对葛同学肃然起敬，且不说他如何把我曾经讲过的东西内化于心，单就他对同学这份格外用心的直言相劝，真的算得上是"净友"了！好的朋友，当相互激励。

艺馨有次描写了自己生病的事情。当时她和几个同学一起出黑板报，突然感觉到身体很不舒服，誉馨从发现她脸色不好，到后来一系列关切的动作，都如同三九感冒灵广告所言"暖暖的，很贴心"，在寒冷的冬天给艺馨内心注入了一股暖流。好的朋友，当释放善意。

大概所有和沫然做过同桌的，无不对她称赞有加，一涵和瑞瑶都曾在周记里表达过能够和沫然做同桌的幸运。

这两个女孩子都是性格比较内向、课上不太活泼主动的。沫然陪着她们一起制定学习目标，为她们的进步而开心；鼓励她们课堂上多发言，甚至"逼着"她们举手，不给留"后路"；课外给她们讲题，循循善诱极有耐心……好的朋友，当携手进步。

瑞瑶和子涵是好朋友，又都是平常不大爱说话的女生，面对班级轮流上台的三分钟演讲，她们一起悄悄地做了很多努力：提前准备讲稿，反复模拟练习。

我当然还记得，子涵曾经是连在课堂上读书都发不出声音的孩子，我鼓励无果，急得出汗；瑞瑶第一次演讲也是金口不开，三分钟时间在全班同学的面面相觑中度过……

现在呢？两个同学依次登台亮相，顺利完成演讲，同学们的掌声特别响亮。原来，好朋友，当为对方织一张"夏洛的网"。

要不是经历一次考验，晗钰和沫然大概也不明白，很小的一件事，可能就会让友谊的小船说翻就翻。

那一天在餐厅吃饭，晗钰低声提醒沫然：一会儿吃完饭别忘了站队。沫然不动声色低声"嗯"了一声，好巧不巧，这一幕刚好被督导瞅见，"说话扣两分"板上钉钉。俩丫头欲哭无泪。

面对班级规定的一千字违规说明书，两个好朋友出现了分歧：沫然认为自己没有主动说话完全没有责任，所以不应该写；晗钰认为自己是善意提醒，不该全部担错。协商不下，于是俩人来找我。

我告诉她们：于理，沫然说得有道理，可以不用担责；于情，晗钰确实出于好意，沫然作为朋友甩手推责有些说不过去。是不是塑料姐妹花，就看你们的选择了。

两个女孩若有所悟，点头出去了。后来，当然是她们很快交上了各自的说明书，顺带在周记里详细讲述了她们捍卫友谊的故事。好朋友，能经受住考验。

　　如上，当你们在长大的过程中，越来越倾向于和好朋友、小伙伴在一起的时候，一定擦亮眼睛，去结交好的朋友，也要努力去做一个好的朋友。

第六辑

绽放：下一站，青春

群山在召唤，我必须出发。

——约翰·缪尔

三月：是春天

感受到给予的快乐、付出的快乐，懂得关心别人、照顾他人，并从中感受到自己的力量和温暖，这是一种更高层次的精神体验。

站在时光的节点上

亲爱的同学们：

你们好呀！

今天，高老师想给你们写一封信。

上周，是我们六年级下学期的第一周，开学那天，教室里没有鲜花气球、没有礼物，一扫以往开学时精心别致的仪式感。就那样，在一个平淡的日子里，在我们熟悉的教室里，新学期开始了。

开学第一课，我很严肃地讲了一些关于毕业的话题，分析了暑假后班级同学可能的流向、不同层次中学的师生状况、初中毕业分流后不同的人生走向。

这让还沉浸在寒假吃喝玩乐中的大家突然有了种紧迫感。是的，这学期结束后，我们就要毕业了。这学期的学习时间只有短短 18 周，四个月，时间短得吓人呢！

班级里有人转走，也有人转来，我们成长的赛道和个人的努力都很重要，最关键的，是你们美好的未来需要和当下的每一分努力相匹配。

大家神情逐渐变得严肃，陷入沉思，大概思绪都飘向半年后、三年后，甚至六年后、十年后了吧？那个时候的我们，会是什么样子呢？

"凡事预则立，不预则废"，这小学阶段的最后一次开学，其实也是给了我们一个规划未来的机会。

我们班的昱晓同学，春节旅行没有选择什么著名景点，而是和家人一起去了自己一直向往的南京大学。她兴致勃勃地拍照，在微信上跟我分享照片，给我介绍这个名牌大学的有趣典故，虽然人在千里之外，可是她的热情和激动却隔着屏幕扑面而来。

我发自内心地为昱晓点赞，这个春节，她绝对不虚此行——这所优秀的大学，从此在她心里种下了一颗种子。念念不忘，必有回响，让我们拭目以待。

通过家长反馈，我也了解到班里一些同学正蓄势待发，在寒假里默默温习前面的知识，预习后面的课程，寒假前那不理想的成绩，那些在学习上受到的打击，正成为此后一跃而起的铺垫。

那么，一个寒假过后，你们精神的粮仓里装满了什么呢？是有用的学识，还是无聊的游戏？

我也知道，更多的同学是在假期的松弛中慢慢躺平，但今天，当你们回到学校，回到教室，请告诉自己：和那个懒散的人说再见吧，我们六年级剩余的每一天，都值得你们浓墨重彩地书写，认认真真地度过。

最后一个学期，老师送给大家的礼物，是每人一本第 12 册《晨诵课》，那些深邃、美好的诗歌，将在后面的季节里陆续显现，古典诗词与传统文化、泰戈尔、儒家课程、道家课程……所有这些，都被精心地挑选、斟酌，从此，你们将带着这些美好的礼物，踏上新的征程。

亲爱的孩子们，今天，我们来到这里，站在时光的节点上，即将告别童年。青春，就是我们的下一站——那么，出发吧！

爱你们的高老师

2024 年 3 月 5 日

是春天

今年春天来得有些晚，前面那些冷暖无常的日子，仿佛在试试探探，耽误着一树一树的花开。

然而，仿佛一夜之间，大街小巷，小区楼宇间的花坛，高低错落五颜六色的，汹涌着春色。

是春天。

1

新学期伊始，各科课代表需要再调整一下。作为老牌科学课代表，佳萱有些纠结，来办公室找我聊，说不想继续做下去了，因为大家在科学课上的表现不尽如人意，为提高班级科学成绩而执着努力太累了。佳萱低垂着眼，很挫败的样子。

"那就别做了。"我毫不犹豫地答复，"我看你也是绷得太紧，太累了，我心疼。"

"一件事情如果做得不开心，那不妨换个方向，适当放下。"我补充道，因为只有我懂得佳萱的努力有多让人心疼。

佳萱听我说完，不是如释重负，反倒更踌躇了。看得出，她不想放弃。我笑了："那你回去思考一下再说吧，想做，我力挺你；不想做，我也支持。"

她回去了，不久便告诉我，尽管很难，但这个课代表，她依然选择做下去。

我肃然起敬：不是所有人，都有这样的勇气。

后来，大家也知道了佳萱曾经的纠结，仿佛一时间懂事起来，都自愿成为佳萱爱心零食的赞助商。零食是什么已经不重要了，重要的是，每一份零食，都是这个班级团结友爱的证明。

佳萱呢，多像一株迎春花，迎着早春的料峭，傲然绽放。

2

一涵是个文文静静的小姑娘，四年级认识她的时候，她似乎总是待在教室的某个角落，不声不响。

记得那时元旦演出，班级里小姑娘几乎都上台，不管是什么角色，大家都争相表演。当大家在教室排练的时候，一涵坐在一边，呆呆地看着，毫无参与的热情。当时我问她："你怎么不参加啊？"她淡淡地说："不想。"

大概有接近两年时间，一涵的周记几乎没怎么被我特别表扬过，因为字里行间看不到她真实生动"灵魂在场"的表达，仅比流水账丰富一些的文字，在班级其他孩子生动活泼、突飞猛进的文章中，显得太平淡了。

进入六年级的一涵，开始变了，很难说清她改变的机缘是什么。

反正是，课堂上，她开始偶尔举手了；周记里，我会看到她流露的真实心声；课下，她的眼神是灵动俏皮的；期末考试，一向数学成绩不好的一涵，考到了让她热泪盈眶的 95 分……

最让人刮目相看的是，六年级的元旦节目，她顶着稍有不慎便会被我"拿下"的压力，含着泪一遍遍请教、一遍遍练习，改进着因没有舞蹈基础而稍显生硬的肢体动作，最终为自己争取到了上台演出的机会，有了舞台上的华丽绽放。

如今的一涵，依然文静爱笑不张扬，只是，我又发现了她的一个进步——她是那么善于发现同学的优点啊。在一篇篇周记里，她为同学写出了那么多优秀的文字，如同夏洛一般，为大家织出了一张张拥有美好寓意的网。

一涵，就如一株娇羞的海棠，恬静自然，散发着淡淡的芳香。

3

陶然同学最近让我有"士别三日，当刮目相看"的感觉。

就是那个曾经让妈妈多年抓狂的"拖延症小孩"，就是那个出于各种原因让我疫情期间上门去家访的"问题小孩"陶然。

现在的她能看到生活老师对她们格外"偏爱"，她能细致观察自己的辅导老师并饶有趣味地点评，她能极其认真地提前构思每一篇周记的主题，她会用心地分析自己的学习短板并规划目标，她会在平凡生活中记录那些微小和美好，她会以不同的视角看待很多问题，她的作业能够如期完成，字体愈发飘逸俊秀……

关键她还会忍不住地感慨：现在的自己，很幸福！

这还是我认识的那个陶然吗？早就不是了。

陶然，一朵带刺的玫瑰静悄悄地开。

4

那天正上着课，洪锐突然哇哇吐了，教室里很快被一股难闻的气味笼罩。

坐在轮椅上的他根本无法挪移，只得拼命地转头尽量吐在轮椅之外。教室里顿时忙乱起来，后排的一群男生迅速起身，把洪锐推到一边，有的开窗，有的拿拖把、扫帚、笆斗，准备清理秽物。

看着满地的呕吐物，直接清理是不行的，我让两个男孩子去外面多找些沙土，覆盖之后再扫，然后用拖把一遍遍拖干净。

整个过程，几位男孩子配合默契，谁也没有流露出一丝嫌恶，其他帮不上忙的同学，则正常做练习、写作业，没有一个人因气味难闻而掩鼻皱眉。

想想接连几个周来大家轮流为洪锐端菜送饭的悉心照顾，如此也就自然而然了。

窗外是渐浓的春色，教室里是暖人的春意。

这一群孩子，抵得上一个最绚烂的春天。

"六六大顺！"

1

广播体操比赛的通知下了好几天了，要不是葛同学来提醒，我还真就忽略过去了。

小葛是个特别认真负责的男孩子，日常带操、体育课整队等工作，他都尽职尽责地完成。如今班级体操比赛在即，作为体育委员的他怎能不着急呢？

于是，我在班级里郑重其事地讲道：这是我们小学阶段最后一次集体比赛活动，理当全力以赴，不留遗憾。

每周三节的体育课上，李胜老师都会带着大家一招一式规范动作，强调要领，训练上下场……

距离比赛还有一周时间了，几个同学来办公室找我："老师，您也去操场看着我们训练吧，有几个人就是不听话，动作还不熟练呢！要不，就占用一下别的课多训练几节？"

我连连摆手："正常的体育课足够了，不能耗上时间去折腾。但是我可以去看你们训练。"

说来也巧，那天体育课李老师临时有事，要我先代替看着训练一下。那正好，我和全班同学一起上节体育课。

操场白晃晃的大太阳地上，到处都是在体育老师指挥下训练的方队，各种小音箱播放出来的体操音乐和着方队的呼号此起彼伏，一派热辣滚烫的气息。

我让领操员先整队，立正稍息、左右看齐再立正之后，我就发现了问题：整体精神面貌不对，没有几个精神抖擞的同学，一个个被太阳晒蔫了一样，腰背不直，低头含胸看脚尖，甚至挠头搓眼拽衣角；动作不能整齐划一，转身回正参差不齐，左右看齐慢慢腾腾，彼此配合不够默契，不停调整变来变去。

我有些上火，开始训话："第一，集体活动，责任第一，每人都必须付出百分之百的努力，不要指望任何人，雪崩的时候，没有一片雪花是无辜的！第二，天气很热，操场很吵，必须用最少的时间去达到最好的效果，我不想事倍功半地耗时训练，当然你们心甘情愿的话除外！"

听完这番话，大家自觉地挺直了身子，一扫之前的慵懒气息。

好，开始下一步，模拟入场。

领操员孟同学昂首阔步，喊着口令带队大摆臂入场，定位立正，原地四面转法，领操员汇报，音乐起，做武术操和广播体操，之后大摆臂退场。

我的火气又来了："入场喊口号那声音，还不如远处二年级的响亮，是早晨没吃饱吗？一旦入场就是进入了比赛状态，一举一动都不能随心所欲，你的手指又开始挠来挠去无处安放？所有的动作要到位，蹲要蹲得下，站要站得直，出拳出掌都要快速有力，不拖沓不抢拍，大摆臂听音乐、踏步踩鼓点，走错了要迅速调整，这都是我们每天做操的基本要求，怎么都忘没了呢？"

从头再来，我全程录像。

这一遍过后，整队集合，不练了，我下令回教室。大家将信将疑，搞不懂黑着脸的高老师是啥意思。

趁大家去喝水的工夫，我打开电脑，把刚刚录制的视频传上去，待全班安静下来，开始播放。

这大概是孩子们第一次以局外人的视角去欣赏自己的队伍，有看到整体效果不错眯眼笑的，有发现一些问题皱眉沉思的，有发觉自己没做好觉得难为情的，最后，看到某些同学离谱的动作和神情全班哄堂大笑。

我让同学们来谈谈发现了什么，大家七嘴八舌、争相回答，总的来说就是意识到了集体被训确实应该，老师说过很多次的问题，如今看来很是扎眼，必须得改。

那好，下一节体育课训练看你们的表现。

2

转眼来到比赛这天，天高云淡，群情激昂，只差彩旗招展。

我们抽到六号。大家在坐区等待，脸上的神情流露着忐忑不安。我站在前面，笑着讲话："前面我们认真地训练了，今天上场，既是比赛，也是证明，证明我们之前的努力有几分成效；成绩固然重要，但我们也要放松心情去享受这个过程，无论名次如何，尽心尽力便不留遗憾。老师看好你们！"

大家听了我这一番话，脸上的表情没有那么紧绷了，我再一次重申："享受过程！"

终于轮到我们上场了，孟同学在赛场外沿开始整队，我看到所有同学都挺直了腰杆，精神饱满，像一个个等待出征的战士。我站在一旁，一直微笑着给大家鼓劲。

评委老师示意进场，领操员一声令下："齐步走！"掷地有声的口令，整齐的步伐，响亮的口号，立正、转身、汇报、做操，一切井然有序地进行着。

我举着手机忙着录像、拍照，同学们眼神汇聚过来的时候，我会为他们高高竖起大拇指，明晃晃地笑着给一个大大的赞。

4月的操场上，这一群意气风发的十几岁的孩子，认认真真地完成了他们小学时代最后一次体操比赛，随着退场音乐，步伐整齐地向我走来。

真好！那一刻，我耳边似乎自动播放起了动感十足的BGM："我们天天向上散发着光，天天向上乘风破浪……"我眼睛里已经盛放不下对这群小孩的喜欢了。

　　3

　　然而，一回到坐区，我就发现不少同学脸色不对。

　　有人愤愤不平，埋怨个别同学做操不整齐，摆臂错了方向；有人一脸无辜，不知如何面对大家的指责；有人怨声载道，说我们的退场练得太少，效果不好；有人则悲观丧气，说肯定比不过别的班了……

　　我首先制止了指责别人的同学，然后安抚大家："刚才同学们的表现已经非常棒了，在最终结果没有出来之前，我们不要先下结论，先欣赏完比赛再说。"

　　等所有班级结束比赛，我们整队回到教室，活动、喝水、上厕所，过了一会儿，全部安静下来。

　　我站在讲台上，环视了一圈，开始语重心长地讲话："你们发现在比赛前后高老师对大家的态度有什么不同吗？"

　　有同学犹豫着回答："开始凶巴巴的，后来很温和，一直在鼓励。"

　　我说："是啊，训练的时候我要求很严格，因为我想起去年的比赛，我们占用了一切能占用的课去训练，但是成绩依然倒数，除了我们的基础确实不好，我们的对手确实强悍，效率不高是个问题。

　　"今年，老师不想那样了，希望在短时间内达到我们可以达到的水平，所以，训练时脸色不好看，要求很苛刻。但是，上场前，老师希望每一个同学都不要过度紧张，因为前期我们尽力了，比赛就是一个展示而已，过于焦虑会让比赛变得不再美好了，要学会享受这个过程啊！

"你们在台上都是尽心尽力的，没有任何人想出错，拖班级后腿，努力的孩子都是发光的，老师的微笑和竖起的大拇指，都是真心流露，是真的觉得你们表现都好棒。所以，我们不必指责谁出了错，他一定已经很难过了，我们没有必要再因此闹不团结。

"还有一点，我们班转来了五六个新同学，他们做体操熟练度、精确度严重不够，这是在短时间内无法改善的硬伤，再加上我们长久以来都是'体育弱班'，不用期待太好，能超越去年的名次就不错。"

话音刚落，传来消息，我们班第六名，比去年进步了一丢丢！大家是既沮丧又开心，沮丧是因为没达到"进前五"的目标，开心是因为我刚刚说完的那番话——进步了就不错。

我依然笑着说："非常好，我们其实赢了！在各方面条件不如去年的情况下，在没有多加一节训练课的情况下，我们还能进步，这不是战胜了最大的对手吗？"

大家若有所悟，是的，所有同学都知道，我们每个人最大的对手，不是别人，是自己。

4

有很多同学不约而同地在周记里写到这次比赛，大多数的周记都能细致地描述比赛前后的过程，展示细腻的心理活动，但让我忍不住讲评分享的，是晗钰同学的那篇。

晗钰的周记对于比赛结果的总结让我不禁莞尔。她写道：我们抽签是六号，比赛是第六名，这样也挺好，六六大顺！

好一个六六大顺！以敬畏心做事情，以游戏心看结果，如此甚好。

四月：送你三句话

正如有阴云密布也会有晴空万里，每一个正在成长中的孩子，经历过懵懂冲动的急流险滩，也会拥有静水流深的长大"成熟"。

亲爱的小孩

作品感

回头看，我们班的周记已经写了三年。大家每周一篇，我全部批改，每周五最后一节课雷打不动进行点评，那是全班同学翘首以待的时刻。

批改一次周记的时长，从最初的一个多小时到现在的三四个小时，评语从偏重鼓励到如今倾向于对话和欣赏，一切都在悄悄变化。

这些点点滴滴的坚持，在小学最后这个学期，汇聚成了一股强大的力量，那就是同学们对写作的热爱。以文字表达，成为一种习以为常的能力，信手拈来。

这学期开学时，我说："咱们设计个封面吧，手里这个小本本，其实不是周记了，它是你的作品集，是你小学最后半年的珍贵回忆，它配得上一个充满个性的封面。"

于是，我就看到了一个个彰显特色的个性化封面。紧跟其后，设计者用文字讲述封面寓意，以及如何精心设计的心路历程。

对，我们就需要这样，普普通通的周记，一番用心设计之后，就实实在在具有了"作品感"。

最好的文字

不得不说，大家写周记越来越有味道了，而且呈现出百花齐放的景象。有一部分小女生，倾向于抒情散文的写作，比如写春天的花草，写寻常的景物，她们能细腻捕捉到我们熟视无睹的细微景致，展开丰富联想，或者就用白描手法，不着痕迹动情描述。在这方面，艺馨、梦涵、艺媛、昱晓、沫然、晗钰、妍儿、一涵、嘉琪尤为突出。

一部分男生，擅长记事，而且在叙事风格上特别相似，语言幽默，风格明快，普通的班级故事、宿舍生活、同学纠纷、家庭琐事等，都能被他们纳入笔下，一个个鲜明的人物呼之欲出。其中以凯文、晟祥、荣鑫、祥哲、传赫、祥润、洺郡为代表。

还有喜欢夹叙夹议的，比如陶然、可馨、宝贵和再耀同学，我时常被他们文字中一些闪亮的语句击中，被他们字里行间流露出的纯真和美好治愈。我常常感慨不已，少年可畏，未来可期。

生动的文章或许相似，有趣的灵魂却各有特色。虽然更多的同学都是在写朴素的文字，在一天天平平淡淡的学习和生活中，记录那些美好或不美好的故事，但我依然能够从文字中，感知到他们内心的丰富和跌宕，理解到位了，对话就生成了。

于是，我最好的文字，作为评语写在了他们的周记上。

被看见

批改周记，于我而言最大的快乐就是遇到精彩的文字，忍不住要和办公室同事分享，忍不住周五点评时讲了又讲。发下周记，于大家而言最大的惊喜就是看到我写的三个字"电子稿"。这意味着，这一篇周记得到了老师的点赞、点评、分享——一键三连。

美好的东西就是要分享呀。于是，我开通了 WPS 超级会员，给每一篇文章下载一张漂亮的信纸，编辑、美化，配上作者照片，张贴在教室走廊的墙上。

于是，来来往往的各班同学，便都能驻足欣赏这些作品，顺便认识文字背后的这些牛人。

这甚至是比发表在杂志上还要好的奖赏，因为，这才是真正直观的"被看见"，不是吗？

亲爱的小孩

晗钰在一篇周记末尾给自己写了一段话——

亲爱的小孩：在你心中，真实的你永远是个小孩吧！如果你在未来成长的路上迷了路，请打开时光盲盒，看看过去的自己。

这是让我内心怦然一动的文字，晗钰这个时光盲盒，就是指她的周记。在这个孩子内心，周记已经不再是一份必须完成的作业，而是送给自己的一份时光礼物，如果多年后我们弄丢了一些东西，那就回到今天，去重温儿时的记忆，去找回纯真的自己。

送你三句话

根据学校的活动安排，5 月有一个红色故事演讲比赛，每班需要上报三名参赛选手。

选谁呢？根据大家的意见，我们采用的是自愿报名的方式，最初的时候只有田沫然毫不犹豫地报名，可能是去年一次演讲比赛获得成功，给了她足够的信心和勇气。

剩余的还有谁呢？我期待的目光望向台下的同学们，终于有了第二个、第三个……

只要有三个就可以了，我心里想。

不承想，陆陆续续又有几个学生到我的办公室里表达了他们想参与的想法，这很好呀！最后总共有八个人报名，那我们就得 PK 一下了。

我给了这八位选手足够的准备时间，然后我们抽一节课在班里进行 PK。

正式 PK 前，我简单进行了一下说明：除这八位选手之外，其余所有同学都是评委，每人下发一张纸，记下这八个选手的名字，然后根据他们的表现简单记录其优缺点，进行评分，最后根据分数评选出每个人心目中最好的前三名。

随后，陈昱晓、田沫然、邵晗钰、吴传赫、宋嘉琪、孙可馨、王梦涵、张艺媛八个同学依次登台，各自讲述一个感人至深的红色故事。看得出每一个选手都有些许紧张。

下面的评委认真地听着，认真地记着，认真地思索着……这大概是大家第一次体会到身上的使命感吧：经过他们认真的权衡，将会有三位同学代表班级出战。

最后一位演讲结束后，八位选手离场，36 位评委进行投票。

据票数统计，田沫然、张艺媛、孙可馨三位选手胜出。

三位同学中，沫然因为有之前演讲比赛的经验，显得比较老到。艺媛呢，在转学来之前，也经常参加学校的各种活动，算是比较成熟的选手了，然而这毕竟是在新学校的第一次上台，紧张也是难免的，故而表情体态都显得不够自然了。可馨，从来都是班里默默无闻的存在，内秀而害羞，平常极少听到她的声音，这次她能参加比赛，确实是鼓起了很大的勇气。然而，演讲比赛仅仅需要勇气就够了吗？可馨没有任何演讲基础，语速急促，最关键处的感情表达不够恰当，在班级 PK 中能胜出，大概是因为她的故事比较感人、声音比较好听吧。

我听完这三个丫头的第 N 遍演讲练习后，逐个点评纠偏，然后问她们：我们演讲的目的是什么？

为了拿个好名次？

为了展示我们的风采？

为了证明自己的能力？

是，也不是。

如果带着以上心态去参赛，大半不会取得理想的成绩，因为过多地关注了“我”，而不是故事本身。

我们所讲的，都是血雨腥风岁月里的故事，一个个主人公，生得平凡、死得伟大，他们不该被忘记，所以需要讲出他们的故事、传承他们的精神。摆正自己的心态，我们就赢了第一步。

三个丫头听懂了我的意思，都若有所思地点头。

再来讲一遍。

　　沉浸于自己所讲的故事中，她们逐渐放松，表情、声音、肢体语言到位，效果好多了。

　　比赛前夕，得知选手上台的顺序是现场用电脑随机抽取，这无形中又给人莫大的压力。

　　我笑说："识破这一切真相。按从前，我们上台需要抽取顺序对不对？抽出来后，我们知道自己何时上台，心里虽然紧张，但那是有时限的。现在33个选手，上台完全随机，你们更慌了对不对？

　　"这是幕后筹备人员的'小心机'，要的就是现场制造的紧张感，提高比赛的刺激性。选手心态不稳的，可能就紧张到发挥失常；心态好的，也许就脱颖而出。

　　"但你们是在毫无准备的情况下被随机抽取的吗？不是，你们为此准备很多天啦！你们距离上台展示，只差一个'被点到'而已。随机抽取，只是一种点名方式，做好第一个就被幸运点到的准备，或者做好下一个就是自己的准备，那心态就不是紧张，而是期待和兴奋——终于轮到我了！"

　　三个丫头眼里顿时有了光，笑了。

　　最后，我送给她们一句话：享受这个舞台。

　　经过两个小时的比拼，我们的三位选手两位获得了一等奖，一位获得了二等奖……

　　成绩不错，但比成绩更重要的是什么呢？来看看大家写下的文字——

　　　　我想起高老师的话：把观众当成空气，享受这个舞台。讲到后面我完全投入进去了，像整个舞台上只有我一样，我忘了一

切。（艺媛）

那一刻，我的心仿佛被舞台中心一种神秘的力量占据着，灯光打在我身上，目光凝聚在我身上，一种从未有过的激动从我的脚尖直奔脑门。我一瞬间寻到了自己心中的那一个舞台，那一盏灯，那一股力量！

人生的舞台并不多，那为何不去好好享受呢？（沫然）

如上，我更欣喜于孩子们在其中肉眼可见的成长。

而最后的奖项，只是额外的奖赏。

我不想让妈妈生宝宝

1

一周的讲课迎检终于结束，我整个人疲惫不堪。刚刚放学不久，工装还没换下，可馨妈妈给我来电话，一接起，她急促的声音夹杂着哭腔传过来："老师，可馨有没有回教室啊？"

我一头雾水："刚刚不是接走了吗？教室里应该没人了啊！"

我边说着，边打开了手机监控 APP，教室里空无一人。

可馨妈妈那头就要哭出来了，说："怎么办，可馨找不到了！"

我吓了一跳，赶紧问她到底发生了什么事。

她告诉我，今天下午是可馨爸爸来接的可馨和弟弟，出校门时还是高高兴兴的。刚上车不久，可馨爸爸告诉了姐弟俩一个好消息：妈妈肚子里又有了一个小宝宝。没想到这个消息让可馨瞬间爆炸，当即说不要这个宝宝，否则自己就去死。

　　可馨爸爸不能理解可馨为什么反应如此之大，一时来气就批评了她几句，然后车靠路边停下爷儿俩争吵起来，没想到，可馨愤怒地拉开车门，头也不回地向反方向跑了。

　　可馨爸爸赶紧开车到下一个路口掉头去找，可哪里还能看见孩子的身影！可馨爸爸慌了神，忙打电话给家里说这件事。可馨妈妈就打电话给我，让我看看可馨有没有回学校。

　　我听完更加紧张，判断可馨不可能来学校，但也走不远，应该就在她下车附近的路边或者小区——根据她妈妈的描述，也就是离我家不远的地方。以她的性格，应该不会真的做出出格的事。

　　我一边给可馨妈妈打着电话，一边迅速换好衣服，拿起车钥匙准备出去找。一旁听了我电话全部内容的女儿也要出去帮忙找，我找出可馨的照片，她看了一眼说记住了，然后我们圈定了可馨可能会到的区域。她骑电动车，我开车，我们各自出发了。

　　出了校门，路上人来人往，正是放学时间，形形色色的大人带着孩子穿梭在路上。再往前走，大路上车水马龙，小区一个挨着一个，到哪里去找一个孩子？

　　担心、焦急，又莫名地恐惧，各种坏的假设不由自主地涌上我的心头，然后还带着点气愤：这是一个多么温顺可爱的女孩子，今天怎么就犯轴了呢！平常告诫的如何规避危险全然不管了？知不知道这样多冒险，家长得多担心！

　　大概过了十几分钟，可馨妈妈打来电话，说找着可馨了，就在下车的小区附近，并说可馨想见我。我心里的石头顿时落下来，与她约定了一个地方让她爸爸把她送过来，又赶紧打电话通知我女儿，让她回家。

夜色已经笼罩上来，一辆车在我身边停下。看到可馨下车，我伸开双臂迎上去。可馨扑过来抱着我放声大哭起来，边哭边喊："老师，我不想让妈妈生宝宝！"

我抱紧这个哭得梨花带雨的小丫头，对她爸爸说："我带可馨回我家聊聊吧。"

告别了被女儿一通折腾吓得惊慌失措的爸爸，我带可馨上车，直奔我家。

待可馨尽情地放声哭够了，心情慢慢平复下来，我们开始聊今天发生的事情。

原来，在此之前，可馨妈妈曾经问过可馨她再生一个孩子可不可以，当时可馨就很排斥，明确表示不想让妈妈再生了。她以为妈妈只是随便说说而已。没想到今天爸爸居然直接通知她，妈妈将会再生一个，那么之前妈妈根本不是征求她的意见，他们早就知道怀孕了。可馨非常愤怒，直接说了狠话。爸爸听到她说狠话也大为恼火，不能理解她为什么这么排斥妈妈生宝宝，觉得可馨不可理喻，于是就狠狠批评了她。

可馨实在不能控制自己的怒气，打开车门扭头就跑了。那一瞬间，她大概冲动得什么都不管不顾了。

我问："为什么你这么反感妈妈再生一个孩子呢？"

可馨神色黯然，说："因为，妈妈本来就偏爱弟弟。爸妈工作忙，对我一直都马马虎虎的，但是对弟弟就很上心，如果再生一个，他们就更没空理我，更不爱我了。再说，弟弟已经够烦人了，再加上一个……"

原来如此！从可馨的视角，看到和感受到的，不是我们大人以为的那样。你以为你给了她全部的爱，可是孩子感觉到的，却有误差。他们的认知，有时候看起来就是如此可笑，但这就是孩子啊，真实的孩子。

想起可馨妈妈下午对我的诉说：自己工作忙，弟弟年龄小，又比较调皮，而可馨从小乖巧听话，人见人夸，因此她很多精力用在了弟弟身上。他们知道养育孩子的辛苦，原本也不想再生了，可是没想到意外怀孕了。

两个人虽然都挺开心，但是想到可馨强烈反对，她和可馨爸爸两次到医院准备流掉，可转念一想又舍不得，一种本能的母爱让她下定决心要生下这个孩子。所以就有了今天下午爸爸告知可馨后发生的一幕。

我相信可馨不是冷酷无情的孩子，她不是真的不想要弟弟、妹妹，只是她一直以来感觉缺失关爱，和爸妈之间特别是关于这件事缺乏有效的沟通而已。

我轻轻搂着可馨的肩膀，告诉她："老师很理解你的心情。你信不信，我小的时候，因为和弟弟、妹妹吵架，曾经咬牙切齿地对我妈妈吼，你为什么要给我生弟弟和妹妹？家里只有我一个小孩不好吗！"

可馨抬头看向我，大大的眼睛里充满了疑惑，她大概不相信，看上去知书达理的高老师也会说过这样的话。

我说："对小孩子来说，这样的心理太正常了。我们总以为如果爸爸、妈妈的爱是十分，那么我们和兄弟姐妹之间就要平分这十分。如果他们稍微有一点点偏心，我们的爱就相当于被别人争夺去了。每多一个孩子，我们的爱就会相应地减少很多，对不对？"

可馨一个劲点头。

这时语菲也回家了，我笑着对可馨说："幸好今晚找到你了，要不然，别说你爸妈和老师，就是我家你这个姐姐也别想消停了，你看她为了找你现在才回来。"

可馨不好意思地笑了笑，低头不语。

我接着和可馨聊下去："第一，看清楚一个事实，父母的爱真的只有十分吗？他们的精力可能会因为孩子多而分散，但是，爱并不会减少。每一个孩子，父母都给了十分的爱，但这爱，未必是能够看得见的陪伴、听得到的表达呢！随着你长大，父母的时间可能更多用来陪伴小的弟弟、妹妹，对你的爱，更多地变作了默默的关注、无声的守候、背后的支持啊！但是爱并没有减少。第二个问题，生个弟弟或妹妹真的弊大于利吗？这个话题让语菲姐姐和你聊。"

小孩子之间更容易沟通交流吧。我让语菲陪着可馨聊一会儿，我去倒水，顺便给可馨妈妈发个信息让她放心。

只听语菲说："我们家偶尔来个表弟、表妹，开始几天总是挺好的，有人陪我玩，但对于我这个独生女来说，时间长了就觉得很烦，所以我以前也对再有个弟弟或妹妹特别反感。但是现在一件一件发生的事情，让我的看法发生了改变。最重要的一件事，发生在三年前我姥爷去世的时候，我妈妈、小姨和舅舅他们三个一起抱头大哭。那个时候我知道了，原来爸爸、妈妈并不会一直陪着我们，当他们离开的时候，我们至少还有兄弟姐妹，那是我们最亲的人。我妈妈和小姨、舅舅之间，无论谁家有什么需要帮助的，他们都会互相帮忙，过年过节的时候几家人围在一起吃饭，特别热闹，特别开心。这些都是我长大之后才明白的。"

当时正在和可馨妈妈聊天的我，听到女儿说这番话，尤其是她姥爷去世的那一段，我的眼泪不由自主地涌了上来，女儿说得没错啊！

她们俩聊了很久，聊得很投机，女儿还带可馨参观了自己的房间，看得出，可馨的情绪已经非常好了。

当她们看到我的时候，可馨笑着对我说："老师，我想好了，我要妈妈生下这个宝宝，名字由我来取，因为妈妈取的名字都太土气了！"

听到这一番话，我愣住了，这转变得也太快了！

我开心得不得了，对她们说："走，今天我请你们吃大餐！"

2

为什么孩子对妈妈生二胎、三胎表示反感？

除可馨表达的那两点——担心"爱"被瓜分以及觉得小孩子很烦之外，他们还有别的担忧。记得对妈妈再生育同样持反对态度的梦涵提到，现在自己都已经十二三岁了，再有一个弟弟或者妹妹，他们之间的年龄差距太大了，从心里不能接受。还有一个原因，听说妈妈在生妹妹时差点出意外，对妈妈身体的担心以及对差点失去妈妈的恐惧，让这个十几岁的孩子拼命地反对妈妈再生宝宝。

小孩子能有什么坏心眼呢？

就像梦涵周记里写的：我并不知道成人的世界是什么样子，我只是担心妈妈的健康和"爱"会从一份分成更多份。仅此而已。

虽然这些语句充满孩子气，但我们是否能够从中感受到，其实，孩子的想法特别单纯，他们只是在和父母无法取得有效沟通的情况下，故意表现出那些过激的言行罢了。我们不能把它们简单归因于"自私、冷酷、极端"，那是无助的小小的人儿在用力地表达他们的恐惧。作为父母，你能理解吗？

所以，当可馨看到自己的"失踪"让爸妈急火攻心、惊慌失措，她明白了自己永远都是爸妈心头的宝贝，也后悔用这样冒险的方式去折磨父母；当她明白无论父母有几个宝贝，无论自己长到多大，父母之爱可能会变换方式但不会减少，她也就消除了心中的恐惧，欣然为未出生的宝宝起名……

学校举行红色故事演讲比赛，在班里从来都是寡言少语的可馨报名参加，并顺利通过了班级的初评，即将代表班级出战。

我把比赛时间、地点和要求发给可馨妈妈，她当即回复：一定来观看可馨的比赛，而且，要给闺女买漂亮的演出服装，化好看的妆。

在比赛现场，我惊奇地发现，不光可馨妈妈挺着肚子来了，平常工作忙碌的可馨爸爸也来到了现场，这一波亲友团支持能量拉满。

果然，就像很多同学描述的那样，站在台上的可馨，浑身散发着光，从未有过的激情洋溢、自信表达，让她获得了全班同学最热烈的掌声。

被爱的孩子，会更自信阳光；被十分爱的孩子，才会确认自己的价值，愿意站到舞台中央。

当可馨笑着让我讲出她的故事，我知道，她，在被爱中学会了爱。

所以，每一个孩子，都值得被爱，被十分爱。

五月：奔涌吧，后浪

人间骄阳刚好，风过林梢，彼时他们正当年少。

君子爱财

1

不得不说，班里的小 M 同学确实很有经商头脑。这发生在班里的一桩桩小事，都让我哭笑不得。

最初，我批改周记时发现，他在文中写了周末时间和姐姐在摊位上卖柠檬水的事，说自己辛苦了一天，也没卖出去几杯，最后感叹挣钱好难，一定要好好珍惜父母的每一分钱，不随意浪费。

我读完觉得，这小孩能够被平常小事所启发，悟出很多孩子难以懂得的道理，可真棒！

可没几天，我听同学说，小 M 带来一个小游戏机，想在宿舍里出租，结果被生活老师发现没收了。

啥？这小孩带游戏机，胆子不小啊，还想顺便做生意呢，我心里想着，该怎么教育教育他呢？

还没等我批评教育，又接到投诉，小 M 在教室里做生意，包括但不限于卖刮刮乐、卖学习积分、抄作业挣钱……

我有点不敢相信自己的耳朵，这娃的生意经竟然念到了班级里，还就在我眼皮底下！

当看到他亲手制作的刮刮乐，并问清了他的各种"致富秘籍"，我都被他气笑了，甚至发出感叹：你将来不做生意都是浪费人才啊！

小 M 由于成绩不错，数学学习积分也高，面对很多没有积分或者积分少得可怜的同学，他动心思找寻出了一条"致富"门路——

其一是明码标价两元一分把积分卖给同学。我们吴老师那里一支棒棒糖需要三个积分，某些同学竟然真的斥六元"巨资"来买三个积分去换一支棒棒糖！

其二是他带来刮刮乐的原卡，随机写上各种奖项，比如两个积分、一支棒棒糖等，再覆膜售卖。同学买后兑奖，虽然奖品不算丰富，但是多好玩啊！这让我想起四年级的时候我在班里常进行的积分抽奖，也是全班为之狂欢，奖品不重要，重要的是刺激好玩。

更让我想不到的是，小 M 帮同学抄作业赚钱，据说从上学期就曾偶尔为之，收入可观。因保密工作做得好，居然一直没被发现！

……

为师真是大开眼界，不知是先表扬他脑子活泛，还是先批评他"不务正业"。

2

我把小 M 制作的剩余刮刮乐没收，让他计算一下自己总共获利多少，责令他下周把现金带来作为班级"零食储备金"，当然免不了一番动之以情、晓之以理的谈话教育。

但这事，不能到此结束，班会课上，我有话说。

我在黑板上写了八个字——君子爱财，取之有道，然后微笑着看向全班。

台下同学们一脸茫然，不知何意，然后开始窃窃私语，对着八个字猜测、讨论起来。

我解释道："君子"指的是一个品行高尚的人，君子喜欢正道得来的财物，不要不义之财。

看着大家似懂非懂的样子，我接着说——

每个人都想拥有金钱，它可以带给我们美好的生活。你们的父母努力工作，辛苦赚钱，不就是为了收入更多，给全家提供更富裕优越的生活？

想拥有金钱没有错，有爱财之心也正常，但我们要以正当的、合法合理的方式来获取财富，靠自己的勤劳和智慧去创造财富。

以小 M 来说，他经历过卖柠檬水赚钱的不容易，偶然发现在班级里赚钱倒是很轻松——大家手里都有父母给的零花钱，得来不费吹灰之力，因此"消费"起来也是毫不珍惜。

所以，不想写作业的，小 M 动动手就把他的钱赚了，换来的是这个同学从此学会了在学习上偷懒；没有积分的，拿着零花钱就能换来积分，然后去兑换奖品，全然不管六块钱在超市其实可以买一把棒棒糖。这么算起来，参与的同学智商简直成了负数！而小 M 坐地起价，不搭本钱就能有可观收入，导致他渐渐荒废学业，一门心思钻研生意，学会了投机。

还有，吴老师设置积分兑换奖品的初衷是什么？是为了提高大家学习的积极性，以努力和成绩赚取积分，而奖品，不过是对大家的一种激励而已。现在，有点小聪明的同学贩卖积分，学习吃力的同学拿钱娱乐，那么积分意义何在？

所以，整个事件里，谁是赢家？是不是大家都在受欲望的摆布，成了金钱的奴隶？而学业不会陪你演戏。

大家恍然。

所以呢，记住这八个字吧，希望将来的你，每一笔财富都取之有道，利人利己。

奔涌吧，后浪

背了太久的古诗词，有人提议：老师，来个诗词大赛吧？

当然可以啊。

刚刚学完了与辩论有关的内容，大家兴致勃勃：老师，来场辩论赛呗？

没问题！

说干就干，迅速敲定两个大赛都在一周后举行，刘佳萱负责宣传造势做 PPT，各个小组通过 PK 推选诗词大赛的参赛选手；辩论话题自由推荐，通过举手表决保留两个辩题，辩手自愿组合分组，根据辩题成为辩论赛的正、反方，大家利用周末时间准备。

唇枪舌剑之辩论赛

周三进行辩论赛。

布置好会场，正、反方辩友落座，安顿好观众席，作为客串主持人的我简单做了开场介绍，讲明辩论规则，申明观众纪律，就正式进入了辩论程序。

正方辩手做自我介绍：

一辩宋翼龙，乘儒辩之风；二辩韩再耀，展浩然正气；三辩张艺媛，储天下人才；四辩王梦涵，图国家富强。大家好，正方代表队问候在场各位！

哇，这开场很有气势啊！

在反方四位辩手也信心满满地依次问候大家之后，正方一辩首先简明扼要提出观点，之后一场言语的交锋拉开序幕。

双方辩手一看就是提前做足了功课，出口成章、舌灿莲花，牢牢抓住对方发言中的"漏洞"，针锋相对、各抒己见。且看刘凯文周记里的描述：

关于电子书那一场真是精彩。

对面的邵晗钰刚坐下，呼！吴传赫都不是站起来的了，他一拍桌子跳了起来，指着对方辩友：我们又没有说是一次看了八个小时！他怒目圆睁。

俞陶然刚说完，他又站了起来：不好意思，你语速太快我没听清！

哈哈哈……下面的同学被他逗得爆发出一阵阵笑声。

还有作为辩手的贾宝贵的自述：

时间如箭，一转眼的工夫，场上就到了自由辩论阶段，双方的攻势都变得极度强势了。我方二辩、四辩都对着正方"激情开麦"，我刚想要站起来发言，三辩又抢了我的机会。就这样，我硬是在座位上做了多个"蹲起"！最后，这场比赛以反方惨败而收尾。

最终呢，我们的三场辩论赛酣畅淋漓地进行了接近两个小时，大家还是意犹未尽，恋恋不舍地结束了比赛。

腹有诗书之诗词会

周五，进行的是班级诗词大会。

提前按顺序让每个同学认领一首诗，下发统一纸张，在纸上写上这首诗的其中一句，各自做成一道补充古诗的题目，按要求折成长条后我收起来，放进一个神秘的盒子里，这就成了我们的道具。

两队选手分坐在教室两侧，从第一个比赛环节必答题开始，双方就剑拔弩张，比赛精彩开启。每当选手迅速答出抽中的题目，台下就响起队友的欢呼和观众的掌声。

紧张刺激的是第二关抢答题，随着一张张图片的呈现，选手们摩拳擦掌，争着抢着以最快的速度说出图片内容是哪首诗，偶尔有人站得快但答不对，自己队友都会急得跳脚，而对方则瞅准机会反扳一局，从而迎来一阵欢呼。

到了第三关风险题，则直接把比赛推向了高潮。屏幕上随机出现一个字，飞花令开始了，每个队限时一分钟，队员任意抢答，只要正确就计入总分。你就看吧，轮到哪队，大家都是最初几十秒内文思泉涌，我不得不极度专注地分辨记录他们的答案；后来的十几秒，大家答案说得差不多了，在倒计时秒针的哒哒声里，纷纷陷入焦灼的思考，随着时间截止，大家呜呼哀哉，一片哀嚎。

最后统计分数，在胜利一方的欢呼雀跃中，诗词大会落下了帷幕。

两场比赛精彩纷呈，让我看到了这一波孩子身上诸多可贵的品质：热情、好学、上进、博学、聪慧、灵动……

这，正是奔涌的后浪。

骄阳刚好，风过林梢

早就在酝酿一场校园里的晨读了，只是一直没有合适的时机。

那天早晨，吃过早饭的我们一起走出餐厅，外面柳色青青，晨光正好。我扭头对着身边的同学说，要不，我们到校园里晨读？

啥？老师你说啥？

大家都不敢相信自己的耳朵——老师是在开玩笑吧？

我笑着再次用不容置疑的语气告诉他们："到教室里去拿书本，我们在校园里晨读！"

"耶！"

一帮孩子一哄而散，噔噔噔跑上楼去了。不一会儿，各自带着书本跑下楼找我，叽叽喳喳，兴奋着呢。

我伸手做了个"嘘"的手势，告诉他们别太招摇，免得被校园督导逮着说老师带头"不务正业"。

然后，我带着这一群好奇宝宝游走在校园的小路上，指指操场树下、花园空地、草地边缘这些地方，对大家说："找你喜欢的地方，拉着你喜欢的朋友，去吧，读读背背，享受一下校园晨读。"

转眼间，大家三五成群，乐滋滋地散去了。

一群男孩子抢先跑到了操场旗杆一旁的主席台上。哇，平常都是发表演讲或领奖才能站上去，今天大家可以自由地坐在上面诵读古诗，妙！

两三个孩子就近坐在了楼道口的台阶上，冰冰凉凉，清清爽爽。

一些孩子聚到了小花园四周的树荫下，有微风徐来，树影婆娑，红色校服映衬着周围的绿植，特别明艳鲜亮。

还有几个"离群索居"，找了操场的一个小小角落，几个脑袋凑在一起，分享着属于他们的晨读时光。

我悄悄躲在一边，用手机定格这一幕幕美好，有一种别样的情绪突然涌了上来，说不清。到底是什么呢？

后来，当我把照片做成视频发到家长群，陶然妈妈当即发信息给我：看哭了，她们或许还不懂……

恍然间，我明白了，陶然妈妈一下说出了我当时涌上心头的感受：随着离别的时刻到来，这样美好的情景，也许再也不会重现了……

彼此珍惜吧。此刻，我想起了木苏里的一段话：人间骄阳刚好，风过林梢，彼时他们正当年少。

今天我来做老师

六下语文课本最后一部分是古诗词诵读，十首诗，大部分是曾经背诵过的，对大家来说已经没有新鲜感，那何不抓住六年级的尾巴，让孩子们来做做老师体验一把？

于是自愿报名，认领古诗周末备课，任务很快分发下去。

返校归来，按照顺序依次上台。

5 月 20 日上午第四节课——

第一位是葛祥润，他要讲解的是《采薇》，只见他气定神闲地上台，手中拿着批注得密密麻麻的课本，开讲了。点名读诗，介绍《诗经》，讲评诗意，提问学生。葛老师的课竟然上得有模有样！

当他讲完，同学们不约而同送上了热烈的掌声。

《送元二使安西》是刘荣鑫来讲的，经常上台演讲的他更显得游刃有余，领读、提问举止自然，讲解个别字的意思、诗人的思想感情，都能准确到位，不错！

杜甫的《春夜喜雨》交给了张艺媛，这个平常不爱大声说话的丫头，站在台上略显拘束，按部就班地把古诗讲下来。下了台，她脸上的表情才放松下来，多么难忘的体验！

一节课的时间，只讲了三首诗就下课了，后面的同学只能等第二天上课啦。

5月21日上午第三节课——

刘凯文首先带来了一首《早春呈水部张十八员外》，该读的读，该讲的讲，该提的提。刘老师一直面带微笑，让人如沐春风。

到了吴传赫讲《江上渔者》，教室里画风突变，原本平静的课堂忽然就有了欢声笑语，原来吴老师特别擅长和台下互动，冷不丁地幽默一下，气氛活跃起来，大家争先恐后地发言。我正瞅着讲台出神，吴老师突然提问我：请问高老师，您对刚才的问题有什么看法？这一下子把我问愣了，根本答不出。全班哄堂大笑。吴老师让我坐下，不忘批评教育一番：大家上课可不能学高老师，一定要认真专注啊！

下一位是丁明玉，讲《泊船瓜洲》。丁老师特别带范儿，朝那儿一站，自带一米八的气场，提问同学时那个小眼神，简直绝了！

陈昱晓讲《游园不值》，在做课件上花费了很多功夫，足见她做事的认真，可惜因为临近下课，留给她的时间有限，很多地方没能具体展开，略有遗憾。

5 月 22 日下午第四节课——

从田沫然的《卜算子送鲍浩然之浙东》开始，进入词的学习。接着是邵晗钰的《浣溪沙》、王梦涵的《清平乐》。这三位老师完全可以放在一起点评，因为她们的课具有共同的特征：

老师们笑容甜美，语调柔和，亲和力强。上课呢，都是按照差不多的思路理顺词意、体会思想感情。课堂上，她们或讲评，或提问，或朗读，流畅自然，感觉这些小老师怎么那么老到呢！

当最后一首词讲解完毕，我们小老师们带领的诗词之旅也画上了句号。

为十位勇敢承担任务的同学，也为认真听讲积极互动的同学点赞！

六月：从你好到再见

时间仿佛在重叠，转眼，台下的小朋友，很快也会成为学长学姐。

家长会，听听孩子的呼声

1

这周召开家长会，我提前问孩子们，家长会上我该讲些什么呢？

这一问不要紧，我们居然就这个话题交流了一节课。

他们说——

第一，简单粗暴一个字：夸！

我让这伙娃逗笑了，六年级了，求生欲还是那么强。

我说，没问题。如果给我足够的时间，你们每一个同学，我能夸上半小时。这三年，发生了多少故事，你们的大事小情，大进步小进步，老师可都是看在眼里、记在心里呢！

有时候老师是在教室当众表扬，有时候是单独谈话称赞，有时候是写在周记评语里，有时候是在家长面前夸奖，但更多的时候，老师是由衷地点赞，所以那些没有表达出来的赞扬，我真的也想全部说出来。

一听这话，孩子们放心了。

第二点呼声最高：请家长理解青春期孩子！

我听了反问，希望家长理解你们什么呢？

下面唰唰举手，来不及的就直接嚷嚷开了。我示意安静下来，找代表一个个来。

第一个站起来说，希望家长把我当个大人看，不要总拿我还小来敷衍我，我不是三岁小孩了！

此话一出，点头表示同感者众多。

我转身把"我不是三岁小孩了"写在黑板上，作为第一个主题。

第二位同学说，我有自己的梦想，但是大人总认为我的梦想不切实际，甚至很可笑，总是打击我。

台下立刻炸锅了，是的是的！我妈老说我做白日梦！

那好，第二个主题就是"不要打击我的梦想"。

我刚写完转过身来，下一位同学就抢先站起来说，每次我写完作业去看一会儿电视或者休息一下，家长就批评说，一天到晚就知道玩，你什么时候能知道努力学习？

这话同样获得了多数同学的表情支持，我也把它写到了黑板上。

就这样，大家轮番站起来说出心里话，我在黑板上写了八条，看得出，大家在用最"有力"的语言表达自己最"无力"的反抗。

为什么说"无力"呢？因为，在老师面前这么提出"抗议"，说明之前曾有过无效的抗议呀！

2

家长会如期进行。

　　我环视了一下满座的家长，说，我带了三年的学生，很快就要各奔前程，有很多不舍，也有一些不放心——你们即将要和青春期的孩子交手，所以，今天我们一起来听听孩子们的心声，我有话要交代每一位家长。

　　接着，屏幕上出现了孩子们的八句话，家长们都笑了。

　　我开始讲。

　　第一句，我不是三岁小孩了。孩子是在向我们宣示自己的力量，他长大了！尽管思想还幼稚，身子还单薄，但是，他们的个性正在逐步形成，他们的认知正在逐步完善，他们的力量也正在突飞猛进。家长要做的，是充分尊重、恰当指导，而不是自上而下的指指点点。被尊重的人，是能够听得进别人的话的。大家试试。

　　第二句，不要打击我的梦想。梦想是要有的，万一实现了呢？这话似乎是一种戏谑，但很有道理啊！一个小孩子，有五颜六色的梦想太正常了，只要不是于人于己有害的，家长支持一下，又有什么坏处呢？他会开心地去靠近梦想，一不小心实现了也不一定。反过来，你打击孩子，又有什么好处呢？

　　第三句，不要认为我们休息就是不想学习。你有没有中招？孩子刚写完作业打开电视，你恰好从外面回来，气就不打一处来：这孩子怎么光看电视不知道学习?! 你当然有很多理由证明孩子确实贪玩，但是，孩子毕竟是孩子，一个小学生，天天像搞研究似的坐在那里学习怎么可能呢？最好的状态，是教育孩子学习的时候专注，玩耍的时候尽兴。不要在该玩的年纪摁着学习，如此，到了高中、大学最该学习的年纪，他们极有可能报复性玩耍。

　　第四句，不要以老大为由对我们道德绑架。前段时间班里同学反对生弟弟、妹妹的事件，是不是提醒了做父母的我们，一定关照老大的内心，不要因为他们是老大就提出各种要求，就像他们说的"道德绑架"。老大当然需要爱护弟弟、妹妹，但作为家长要学会对老大表示"偏爱"，这才是平衡关系的法宝。

第五句，家长控制欲不要太强。大概每一个家长都会以各种理由、各种方式"控制"孩子，大到选择学校，小到袜子的颜色，都得听你的，才是对的。还是一个尊重问题，家长的教育观念问题。在一个控制型家庭里长大的孩子，要么压抑，要么叛逆。青春期的孩子，大概率会和家长发生冲突。

第六句，不要把负面情绪传递给孩子。这是孩子们重点对妈妈们提出的。因为在家里，妈妈的情绪总是最容易波动的。心情好的时候，给孩子好吃的、好玩的都不是事；心情不好的时候，孩子在你面前蹦跶都让你生出无名之火，更别说因为孩子学习上的问题了。那脾气、那声音分贝能大到吓哭小孩，然后等气消了又后悔自己失态。

第七句，不要拿别人家孩子跟我比。这世上有个最讨厌的人叫别人家的孩子：你看你同桌都考了前十，你看楼下妹妹钢琴弹得多好，你看你舅舅家哥哥学习从来不用大人提醒……甚至，你看那谁谁能吃饭长得多高！孩子千差万别，我们对他们的要求怎么能一刀切？他们从没有要求妈妈像同学妈妈一样漂亮能干，也没要求爸爸像邻居叔叔那样有钱。我们不能拿别人家的孩子来贬低自己的孩子。

最后一句，是不是欠我们一句对不起？其实孩子是很较真的，也会因一些事情耿耿于怀。当你做了让孩子失望、伤心或者痛苦的事，一定要认真地给他们道歉。随处可见随口承诺、敷衍孩子的家长，孩子们当了真，去要求家长兑现诺言的时候，家长动了怒，以各种理由把孩子说一顿。小孩子反抗不过，生出满心怒气和委屈。细想想，孩子的要求过分吗？该道歉就道歉，孩子并不会因此得寸进尺，他们会真诚原谅大人的，有时候孩子比大人心胸更宽广呢。

家长们频频点头，心领神会。

就这样，我把孩子们交代给我的任务全部完成了。

学姐来了

大概是因为我经常在班里讲述上一届的班级故事，学生们对发生在几年前的故事以及其中的人物一直很感兴趣。

确实，同样的老师，不同的班级，完全陌生的师哥师姐，竟然做着跟他们差不多的"恶作剧"惹高老师生气，也会有太多的温暖举动让高老师念念不忘，这很难不让他们好奇，进而想认识认识这"失散"多年的同门弟子。

巧的是，刚刚经历过中高考的几个往届女学生来学校找我玩，于是我就带着她们进了教室，让不同批次学生来个面对面交流。

语霏学姐

第一天进教室的是李语霏，刚刚结束中考，一个不折不扣的社牛。小学时候的她个头小小的，坐在第一排，学习成绩一直名列前茅，还是个尽职尽责的课代表。

对语霏印象深刻的一件事是，有次我去开会，会议议程早就结束，我也到上课的点了，可主持人还在意犹未尽地总结。我心想，没有临时看班的老师，那教室还不得翻了天。我如坐针毡地挨了五分钟，等主持人宣布会议结束，一路小跑赶去教室。到了教室门口，我吃惊地发现，李语霏正在讲台上组织全班同学进行知识点背诵比赛——大家热情投入，且井然有序。我那颗老母亲一般揪着的心，随之放下。

今天的语霏可不再是第一排的小不点了，身高就像雨后的竹笋，噌噌蹿起来那么多。她又高又瘦，却又并非弱不禁风的样子，变得愈发活泼大方，这是我未曾想到的。

李学姐进入教室，全班的目光一下子被吸引过来。她自我介绍的话音刚落，大家热烈的掌声就响起来了。这就是我们班，永远热情似火。几个心急的同学早就把手高高举起，开启"抢麦"模式。

大家问的问题大都与不久之后的初中生活有关，毕竟，谁不想提前破解未知的神秘感呢？

面对接二连三抛过来的问题，李语霏不紧不慢耐心答复，无论是关于学习日常还是学科特点，甚至关于中考避坑指南，学姐都娓娓道来，台下小迷弟、迷妹们纷纷投来崇拜的目光。

随着下课铃响起，台下同学呼啦一下跑上台来，围着学姐问这问那。怎么可以错过和学姐再次近距离交流的机会呢？

直到上课铃声响起，李学姐才"获救"，跟着我去了办公室。我问语霏：我这帮弟子怎么样？她笑着说了一句：人类高质量小孩。

书含学姐

刘书含也是上届学生，像语霏一样优秀，还特别感念师恩——每年教师节和春节，或者不定哪一天，我会收到她或长或短的小作文，告诉我她的想念、她的困惑、她的成长。有次她给我写了长长的留言，表达了她对现任新手班主任管理的担忧，还把我的公众号推送给了那个年轻的老师。

她还善于收藏——她的 QQ 空间里，保存着三年前我们那个班的所有照片、视频，还珍藏着小学毕业后她能搜集到的一切有关我的照片。

甚至，她还"爱屋及乌"——她能认出现在班级里常出现在我朋友圈或者公众号上的不少同学，她对这些素未谋面却已然熟悉的学弟学妹也非常喜欢，进教室自我介绍的时候，就指着几个同学叫出了名字。

这让我和全班同学都大吃一惊，天哪，这是真爱啊！

书含面对大家的提问同样逐个解答，声音温柔，笑容可亲，是一个贴心的小姐姐。

书含和语霏答复大家的具体内容不同，但都不约而同地说到一句话：珍惜你们的高老师！

这让我想起三年前，我最初带这个班的时候，作为学姐第一个出场的其实是李若涵，当时的她刚刚成为一名七年级的中学生，来到这群学弟学妹面前，她讲的就是这句话。

时间仿佛在重叠，转眼，台下的小朋友，也很快成为学长学姐。

神学姐

神学姐是我的女儿，也是我在这个学校带的第一届学生的一员。那天她来找我，恰巧被班里学生看到，他们在一边起哄：神学姐来啦！

那就顺带来教室吧，所有的学生都送上最热情的欢呼和掌声，当然，那几个机灵鬼早就按捺不住提出他们心中关于高老师的 1001 个疑惑——明明可以让学姐讲其他，但此刻八卦才是最期待的吧。

我早看出来了，我在教室里是多余的，既不方便台下问，也不方便台上说。那好，我撤。

他们具体聊了什么我不知道，据说他们约定好了保密。但是，总有忍不住多嘴的吧，总有憋不住嘚瑟的吧？

这不，刚一放学，去餐厅的路上，就有几个小孩一脸坏笑问我：

老师，冒烟的蛋糕好吃吧？

蜂蜜大馒头是不是很香？

带皮的冬瓜是不是很方便啃？

我瞬间就明白了，我的黑历史，承包了他们整节课的快乐。结果就是，吴传赫毕业时送我一本菜谱！

三届学生，三位学姐，三节课堂，在这临近毕业的间隙，以这样的方式共同怀念过往、展望未来、快乐当下，也算是给这热辣的毕业季一份清凉有趣的回忆。

在夏天，告别

进入 6 月，眼看毕业即将到来，我们，需要怎样的仪式感？

爱，就大声说出来

六年前哭哭啼啼不肯离开家上寄宿学校的娃娃，早就成了生活完全独立的少年，家长们的内心也有许多的感慨，因此，我号召大家给孩子录制一个毕业寄语视频，把那些平日里想说又没有机会表达的话语大声讲出来。

周五家长会上布置完这件事，当天晚上就收到了三个家长发过来的视频，其中就有艺嫒妈妈。作为临近毕业才转来的学生，艺嫒能够很快适应班级生活，有序进入学习状态，跟妈妈的跟进是有很大关系的。

后来，陆陆续续地收到了更多家长的视频，让我感慨的是昱晓妈妈和晗钰妈妈——其他家长都是写出稿子或打个腹稿就录制，她们不是，她们极其用心地去搜集各种素材，尽可能地展示孩子在小学阶段的成长瞬间或者"重大事件"，是回顾和总结，更是期盼和展望。

当然，为完美完成这个任务，每个家长都不容易：说什么、怎么说、谁来说、说多长，横屏录制……每一个关卡看似简单，其实没少"折磨"人。

其间有很多花絮。

比如凯文妈妈发过来视频后，感慨地说：看着那些主播滔滔不绝，没觉得有什么，当自己面对镜头的时候，才知道人家多不容易。她发我一张手机相册截图，满屏都是视频的"半成品"，最后终于选定了一段合适的发过来。我看了一眼笑了——忘了横屏拍。然后，她又一次投入到主播角色中。

最后，共收到了 29 份家长视频，还有五六份愿意以文字来表达心声的家长发过来的"小作文"。这个结果已经很不错了。

时间来到了毕业前一周，晚自习课上，我播放起家长视频，孩子们静静听、认真看，或微笑或鼓掌，听到家长对自己坚定的支持、温暖的鼓励以及美好的祝福，不少孩子红了眼眶。来自家长的这份感动，真的让人动容。

所有的父母都爱孩子，可是有多少父母能够大声告诉孩子"我爱你"？爱需要表达，不只因为一次毕业。

书信终结号

始于四年级时的一次邀约，我们和温州朋友的千里通信已经走过了三年，今年夏天，两地同学即将小学毕业。我和飞琴老师不谋而合，都想在毕业前最后来一次友情的双向奔赴。

同学们也是格外兴奋，毕竟是最后一次这样集体通信，毕竟这份来之不易、跨越三年的友谊今后不一定还能拥有……选择漂亮的信纸信封，怀念最纯洁无瑕的友情，写最真诚美好的祝福。

始于初秋，终于盛夏，孩子们收到了别样的毕业礼物，两地飞信画上了一个完美的句号。

有多少孩子会成为终生的朋友呢？谁也不知道，但我相信，三年的通信经历，一定会成为孩子们心中永远难忘的一抹回忆。

毕业，要有仪式感

根据大家的意愿，我们毕业需要留下点不一样的回忆。比如毕业微电影，比如班级毕业联欢。

那就好好设计一下吧，好好告个别。

摄影师小刘特别善于表扬孩子，从开拍起，他就夸奖：咱班同学可真是太棒了，自然大方不扭捏，一点就通，一遍就过。

还真是，所有场景拍摄，孩子们都极其配合，笑容灿烂，表演自然，无论在绿荫地玩耍，还是在操场踢球，或者在树荫下荡秋千，甚至只是一个平淡无奇的栏杆，他们自己的创意都很有镜头感，我也忍不住在心里给娃们点赞。

轮到我出场了，拍到我一转身教室空空如也的镜头，我鼻子一酸，控制不住泪目了，拍摄中断……几个好奇宝宝从门外偷看我的出戏糗态，悄悄在笑。

拍完，一切都交给摄影师了，我们继续毕业前的学习和生活。

家委妈妈们给孩子们准备了精美笔记本、一支书写笔，需要我在每一本上写点文字。于是，那天我伏案奋战了一个上午，全部完工。

时间一天天、不急不缓地来到了 7 月 2 日。这一天，要完成毕业考试、毕业典礼，然后毕业回家——可以想见，这一天得有多赶。

下午五点考试结束，我带着孩子们去参加学校毕业典礼，教室就留给了热情的家长们，他们早早就筹划班级毕业联欢，精心做了很多准备工作。

学校大礼堂的毕业典礼持续了两个小时，这是属于这一届全体毕业生的共同庆典。穿越了六年时光，少年们即将迈入中学，开启青春的序章。

等我们结束毕业典礼回到教室，那一幕真的是让人惊喜感动啊！超大气球拱门，鲜花蛋糕，毕业海报，定制旺仔，零食饮料……一派欢腾，明艳热烈。

等大家落座，梦涵和传赫两位主持人上场。一番开场致辞后，家长代表—诺爸爸和昱晓妈妈发言，深切表达了对学校和老师的感恩、对大家的祝福，丽丽老师讲话时几度哽咽。我是一个极其感性的人，强忍着不让眼泪出来，因为我和孩子们约定过，要笑着告别。

晟翔的一曲萨克斯《回家》让人惆怅，妍儿的一支歌曲让人回忆起了六年的时光，我们静静倾听着、感慨着。

几个学生代表给老师献花，凯文眼含热泪一个拱手礼让我瞬间泪目，但我还是笑着拥抱了一下这个帅气的男孩，告诉他不要流泪。

接着，我们的毕业微电影第一次公开"上映"，所有孩子和家长随着画面和画外音，一起重温了我们师生在一起的三年时光，看着看着笑了，笑着笑着哭了……

当熟悉的旋律响起，我们全班起立同唱班歌《少年中国说》。铿锵有力的歌声，掷地有声的齐诵，让人一下子振奋起精神，想起之前我们无数次的演唱，以及那如水流逝的时光……

每个人心中都一定有很多话要说吧，那就一人一句，把最真诚的祝福留在最重要的节点。然后我们拍最后一张全家福，吃蛋糕，分发礼物。

之后还有一个惊喜，那就是三年来跟着我经历过两次搬家的全体同学的周记，我把它们当作礼物送给了大家。看着自己三年来书写的文字，是不是有一种特别的感触？

最后的最后，时针指向了九点半，我们两个小时的班级毕业联欢也要接近尾声，孩子们过来和老师久久拥抱，拍照合影，一张张流着泪又带着笑的脸啊！

整个晚上，我一直笑着，笑着讲话，笑着拥抱，笑着送走一个又一个和我流泪告别的孩子和家长。

几个孩子和家长自发留下打扫卫生，摆好课桌板凳，收拾好一切，已经是晚上 10 点多了。和他们挥手告别后，我拍了一张干干净净、空空荡荡的教室照片，熄灯关门。

梦涵妈妈说，等我们教室走空了，高老师一定会哭的。果然。

毕业了，六年小学生活完美落幕。

下一站，青春。

后　记

当年，我曾认真地反思自己：

　　我有没有在自己的生活中，生出一双真正能"看见"的眼睛？看见平凡生活中的一朵花开，看见疲惫人生的"英雄梦想"？
　　我有没有于寻常教育工作中发现乐趣，于日复一日中洞悉规律，于价值无感中找寻意义？

于是，我努力去做一个能"看见"的人，并尽可能将之记录下来，记录生活，也记录工作。

1

　　我曾写过很多教室里的故事，也曾为一些孩子写过长长的故事，可是，为一间教室的几十个孩子连续写三年故事，这是第一次。
　　起因是我的一个赌，为了带这群孩子爱上写作，赌上了我三年来的每个周末，无论如何，我都要拿出一篇千字文，风雨无阻。
　　于是，我让自己变成了一个能"看见"的老师——
　　看见教室里的每一个孩子。无论调皮还是文静，张扬还是内敛，

看见他们的烦恼和欢乐，看见他们的犹豫和勇敢，也看见他们的成长和蜕变。我以文字为丝，为孩子们织就一张张"夏洛的网"。

看见发生在班级的点滴故事。那些困扰孩子们的学习焦虑、亲子矛盾、个性冲突，那些教室里经常出现的种种问题，我都会在文字里复盘，尽可能地，让偶有得失的教育升华，让自己的心灵沉淀。

看见一群共生共长的家长。三年时间，我和几十个孩子背后的家长组成了亲密无间的"同盟军"。他们对我的信赖和支持，让我们的家校沟通变得顺畅且愉快，在教育孩子的道路上，我们一起学习成长，共同"升级打怪"。

2

最初，为方便班级家长和孩子们阅读，我的班级故事每周一文发布在个人公众号上，家长们在群里或私下分享读后随感，孩子们则乐此不疲地在文字里找寻自己或同学的身影，是他们的正向反馈让我忘记了每周更文的紧迫感，进而享受这个从"发现"到"描述"的过程。

后来，这些记录班级原生态故事的文章逐渐被扩散传阅，被更多老师、家长们看见，收获很多支持和点赞。作为同行，有人在故事中依稀看到了自己班级的样貌，或岁月静好，或一地鸡毛；作为家长，有人在文字里仿佛瞥见了自己孩子的身影，时而"致郁"，时而治愈。正是他们的"看见"，让我感受到了记录和分享的快乐。

再后来，学生毕业，三年书写至此完结。只是没想到，这个原本打着班级个性烙印的故事集，竟一次又一次被"看见"——

我们学校张佃权校长敦促我做好文字整理，庄汉进校长阅读后给了我最大的肯定和鼓励，在教科室王维审主任的热情推荐下，我的书稿交送到了专业而细心的马明秀编辑手中。

3

所以这是一本原本无意成书的书。

只因为，它在书写的过程中不断地被发现、被看见，我和孩子们的故事，就这么幸运地走到了众人面前。

我的教育指路人，也是我追随了十几年的资深教育专家干国祥、魏智渊老师，曾在2023年厦门阅读年会上，针对我分享的班级故事提出了中肯的建议，并鼓励我好好写下去。他们，看见了我记录班级故事背后的意义。

我深深敬佩的浙江省特级教师张祖庆老师，还有出版了畅销全国的中小学班主任培训用书的苗旭峰老师，他们都在百忙之中审阅了我的文稿并给予极大的肯定。他们，看见了文字背后一群活泼泼的生命。

四位敬爱的师长在知悉这本书即将面世之际，都在第一时间写下热情洋溢的推荐语，王维审主任更是在忙碌的工作中抽出宝贵的时间为我写序。这让我受宠若惊，这份温暖的看见跨越千里，真诚的关怀如春风拂面。

4

愿书里的人物，给孩子们以快乐，原来小伙伴们都是这样成长起来的。

愿真实的记录，给老师们以慰藉，原来每个教室里都上演着类似的章节。

愿三年的故事，给家长们以启示，原来教育孩子多数时候不必大动肝火。

看见我们的故事，也是看见教育现场原生态的生活。

最后，感谢所有因为这本书看见我们的人。

教育
发现

教育
发现